风水宝地

王昕朋◎著

中国言实出版社

图书在版编目(CIP)数据

风水宝地 / 王昕朋著. -- 北京 : 中国言实出版社,
2013.12

  ISBN 978-7-5171-0410-0

Ⅰ.①风… Ⅱ.①王… Ⅲ.①小说集—中国—当代
Ⅳ.①I247

中国版本图书馆 CIP 数据核字(2014)第 025958 号

责任编辑：安耀东

出版发行 中国言实出版社
    地　　址：北京市朝阳区北苑路 180 号加利大厦 5 号楼 105 室
    邮　　编：100101
    编辑部：北京市西城区百万庄大街甲 16 号五层
    邮　　编：100037
    电　　话：64924853（总编室）64924716（发行部）
    网　　址：www.zgyscbs.cn
    E-mail：zgyscbs@263.net
经　　销 新华书店
印　　刷 阳谷毕升印务有限公司
版　　次 2014 年 4 月第 1 版　　2022 年 1 月第 3 次印刷
开　　本 690 毫米×930 毫米　　1/16　　印张 13.25
字　　数 142 千字
定　　价 38.00 元　　　　ISBN 978-7-5171-0410-0

目录

方　向

一

"嘣"，声音不大，仿佛拨动一个开关，一下子就把屋里闹哄哄的噪音给关闭了。

所有的目光一律循着声音逆流而上，在发出声音的那只黑陶酒杯上略作停留后，又沿捏着酒杯的那只苍老的手上溯到同样苍老的脸上。老爷子生气了。

老爷子不爱生气，爱生气的人不会活到快八十岁了还身板硬朗，一顿饭能喝二两茅台，而且耳不聋眼不花。所以，不爱生气的老爷子生气了，在他的儿孙看来无异于发生了一场地震。

孙得财起身的时候并没有忘记把筷子并在一起，
尖细的那头朝里放好，使之呈现出恭谨谦卑的姿态。
这是孙家的家规。

而且，这是老爷子两天里的第三次墩酒杯。

老三孙得财拍了一下脑门说，你说我这记性，该去接茂财了，茂财的英语老师刚谈了个男朋友，像胶一样天天黏一起，说好了今天只教茂财一小时。他说着就往外走。孙得财起身的时候并没有忘记把筷子并在一起，尖细的那头朝里放好，使之呈现出恭谨谦卑的姿态。这是孙家的家规。他和哥哥姐姐妹妹小时候为了筷子摆放不规矩，脑袋瓜子没少挨老爷子用筷子敲。

孙得财的两脚刚跨出门，老大孙敬财喊了一声，得财！他要是在孙得财一脚门里一脚门外时喊，那声音就是一只钩子，稳稳地就能把孙得财给抓回来，可是等孙得财两脚都跨出了房门，那声音就变成了确认。他是做给老爷子看的，两重意思：一是表明他想制止孙得财，二是表明他与孙得财的意见有分歧。他是水山县农行行长，在县里能坐到这个位子上的必须是人精。

老爷子不动声色地说，老大你少跟我假模假式的。你们，他拿眼睛把饭桌上的儿女扫了一遍，你们怎么想的，我心里清楚。

孙敬财忙说，那是那是。他知道老爷子是在责备他为孙得财帮腔。因为孙得财刚才提到老宅子大门的方向时，他说了一句模棱两可的话：都管！

大女儿孙爱彩不时到厨房里帮小保姆遥遥忙活，所以桌子上的话也听得糊里半片。她端着刚做好的红烧鲤鱼过来，发现桌上的气氛不太对劲，正要琢磨，老大拿眼睛看了一下老爷子，给了她一个暗示。她马上心领神会，说，爸，这是你最爱吃的一道菜。

我好久没烧过了，您尝尝味道还对吧？孙爱彩小时候的名字叫孙

2

爱财，刚上小学的时候，同学们总拿名字取笑她，说是像男孩的名字，又有的说她和她爹一样财迷心窍。她为了这名字哭了不知多少次，到了二年级，她自己给自己做主改叫孙爱彩。孙爱彩现在是水山县财政局农财股的股长，与老三孙得财算是一个系统的。

小女儿孙宏财一向大大咧咧，好像没明白老大的暗示，继续刚才的话题说，爸，您可别冤枉了我大哥。这里面真没我大哥什么事。老三他就是镇财政所所长当得太久，人也老大不小了，再不动动就没机会了。我大哥迁就我三哥不也是得了您的圣旨，想让咱老孙家这棵大树在马兰镇高高屹立。孙宏财是四兄妹中排行最小的，也是唯一一个在商场打拼且做出成就的。有人说在水山县要是排福布斯的话，她稳坐第一把交椅。

老爷子看了一眼老二孙爱彩。孙爱彩好像什么事情也没发生，什么事情也不知道，脸上笑呵呵地说，爸，咱们老孙家要风得风要雨得雨，风里浪里还不是全靠您掌舵！这舵还得您掌。她的话里暗示对老大的不满。早在五年前，老爷子的长孙结婚时，老爷子就当全家人面隆重宣布想歇歇：我老了，孙家几代人十几口子，管不过来了，以后除了大事我参谋参谋，敬财多担当点。而老大孙敬财做事总是精力不集中，今天让老三不满意，明天让老二不高兴。最后又都回到老爷子那里，由老爷子一锤定音。

大孙子孙兴财的脸已经被酒烧红了。他恭恭敬敬地给老爷子端了一杯酒，借着几分酒气，指了指门外，我三叔这人就，就是自私！咱祖宅的大门一直朝南，我爸不照样当行长，我大姑一高中生不照样当官，我小姑才晃荡几年就坐上水山首富的交椅，我孙兴财不也照样生意兴隆，媳妇生孩子都在国外，给我爷爷弄了个加拿大籍的洋孙子？我爷爷，我爷爷他不同意改方向，是我爷爷他老人家胸怀大局，高瞻远瞩……

孙敬财瞪了儿子一眼，大人说话你小孩子别插嘴，没规矩。

孙宏财不满侄子揭她二姐的短，你大姑高中生也比你爹强。你爹正过来算倒过来算，也就咱马兰镇"猴戴帽"中学初中"肆"业。她之所以护着二姐，自然有她的心思。她的别墅区三期眼下资金有点紧，想从二姐那儿拆借一部分资金。她已经给二姐说了几次，二姐一直没有松口。

孙兴财说小姑我求你老人家了，你能不能别再用些错别字污染侄儿侄女们的耳朵。我打从小没少了听你用错字，什么曲脖向天歌，什么披荆斩棘，什么汉奸秦桧……你刚才说的那叫肄业。

孙宏财哈哈大笑，这得怪你爹。他不让我好好上学，非得让我那么早参加工作。

老爷子咳嗽一声，等屋子里静了下来才开了口，兴财的话我就爱听。他指了指满桌的菜，又指了指自己的耳朵，接着说，我不光享口福，这耳朵也光听好听的了。说着端起了酒杯，兴财比你们都懂事。方向问题，这个，这个方向问题那是比天大的事。你们老子这辈子大风大浪闯过来，全凭老宅子的方向好。"三反五反"、社教、"四清"、"文化大革命"，到改革开放，最大的是村集体改制……支书、主任，就连治保会主任，先先后后折了好几个，你们老子别说挨斗，"文革"时连张大字报也没有。他说着又拍了拍胸口，你们这里服吗？凭良心说，服吗？老大你先说。

孙敬财说，服，爸，我是真服。爱彩、宏财也服，老三其实打心眼里服，就是，就是……他见老爷子眼睛又眯起来，端着酒杯的手不住地颤动，就把话头停下了。

孙爱彩笑了笑，没说话。

孙宏财说，爸，别的我不敢说，要说服您，我敢拍胸脯。说着就"噗噗"拍了两下。孙宏财的胸很大，像揣着俩西瓜。

孙爱彩乐了，老四快别拍了，再拍就爆炸了。这屋子小，我怕来不及跑。

孙宏财照着孙爱彩的前胸就是一巴掌，再说，再说我把你这小柿子给拍成柿饼。孙爱彩身材高挑，就是胸小，当年她老公跟她搞对象，把"窈窕淑女"理解成"高挑淑女"了，没在胸上讲究。

老大笑呵呵地看着她们，脸上挂满了长者似的慈爱。姐妹俩显然想把老爷子给逗乐了，偷眼看时，老爷子脸上似乎松了一些。

老爷子脸上是松了，心里却一点都没松，像以往决定任何一件大事时一样，他提着一口气，谁也别想把这口气泄了。孙兴财想说什么，见孙敬财拿眼睛瞪自己，嘴张了张又合上了。

桌上的菜凉了，老三影都没有。

孙宏财放在那只能值好几头牛钱的外国皮包里的手机，像一只贫嘴蛐蛐叫个不停。她小心地看了老爷子一眼，掏出手机，急了眼地骂道，屎堵腔门子了是不？让你们等着就等着，哪来这么多废话！

老二孙爱彩不停地看手表。其实客厅里放着一架一人多高的红木立钟，她宁可从窄小的袖口里往外抠手表，对那架立钟视而不见。临了，还是跟孙宏财要了手机，对着手机说，我可能要晚一会儿，你们先开着，我尽快。

最气定神闲最具诚意的看来还是老大。老大的手机响的次数比孙
宏财多。他第一次看了看号码就给挂了，第二次，第三次……直到孙
宏财接了手机，他才接了，而且只是轻声说，开会呢。

孙兴财显然对这几位长辈的表现不满，他走到窗前打开窗户，让
中午的阳光泻了进来。他把头探到窗外，看着银色绸缎般金光闪闪的
马兰河，竟然吹了一声口哨。

老爷子通情理，不管是真是假，人家都把理由拿出来了，明摆着
是不想耗下去。老爷子明事理，拴得住人拴不住心，拴不住心就没法
让他们心服口服。老爷子更有章法，先放你们一马，只要我在，孙家
这驾马车的方向就得由我把握。想明白了的老爷子冲儿子女儿挥挥手，
你们忙，大周末也闲不住，走吧都。

孙宏财像得了特赦令，"噌"就蹿出去。

孙爱彩不紧不慢，几次打开包看了看，翻了翻，好像在收拾东西，
还不忘说声：爸您注意自己身体。

孙敬财拿眼睛问老爷子，老爷子仿佛已经无力抬起胳膊，就冲他
点了点头。孙敬财怕孙兴财不走，再在爷爷那儿瞎掺和，就让孙兴财
帮他开车。孙兴财说我喝了酒，脸还红着……孙敬财没等他说完就踢
了他一脚，在水山别说喝酒，就是喝了敌敌畏开车也没人查你！

其实，他这话也是说给老爷子听。老爷子脸上果真闪过一丝不易
察觉的得意的微笑。

院墙外，小汽车"嗞儿——轰""嗞儿——轰""嗞儿——轰"
响了三次。老爷子一听声音就知道，声最大的是老四孙宏财的红跑车，

声最小的是老二孙爱彩的白丰田，声最憨的是老大孙敬财的黑奥迪。

都走了。小保姆遥遥像只猫似的溜进来。遥遥是老三孙得财媳妇的远房侄女，因为上面有了三个姐姐，一心想要个男孩子的爹妈就给她起了这个名字，意思是说还得再要孩子。遥遥到了孙家，算是一步登天，她爹妈和三个姐姐享的福加起来也没她多。遥遥很满足，睡着了都祈祷孙老爷子永远不死，那样她一辈子都能留在这里。遥遥进来，猫一样轻手轻脚地收拾桌子，一边拿眼睛询问老爷子有没有指令。老爷子明白遥遥这孩子猴精猴精，随时注意着自己，他往上指了指，遥遥明白了：上楼。遥遥赶忙过来挽起老爷子。

二楼的楼顶是一个巨大的平台。坐在平台的遮阳棚下，往东，能看到绿油油的田野，往西，隔着一片即将完工的别墅区就是县城。别墅区是老四孙宏财开发的项目，第一期第二期已经入住，现在准备开发第三期。正因如此，资金链有点问题，才缠着孙爱彩帮忙。她把这个项目叫做高尚住宅。老爷子问过老四，住在你卖的房子里就高尚，不买你的房子就低贱了？老四说对，我这里住的就是高尚的人。老爷子说，那白雪也高尚了？白雪是老大养的相好，白得像奶一样。老四回答老爷子说，这年头当二奶就不高尚啊？

老爷子并不关心老大养不养相好，老大面上憨实，心里七窍玲珑，分得清轻重，不会把事办砸了。全县农行系统几百号人，混到行长的只有一个，虽说是靠老爷子的关系上去的，但没点真本事在这把交椅上也坐不稳。再说老大媳妇不说，谁说都没用。老大媳妇是县工会的一个副科级干部。自打老大和白雪黏上后，就很少参加孙家的家庭大聚会，就是春节也不来。

从二楼平台向西看，很容易就能看到一栋贴满了绿玻璃的楼，那是县城里的第三高楼——县财政局，老二孙爱彩工作的地方。老二工作的地方，也是老三孙得财向往的地方。老三不是向往那栋楼，而是向往楼里的一个座位，那个座位是副局长。

　　老三在马兰镇当财政所所长。马兰镇是水山县政府所在地，或者叫政治经济文化中心。县政府所在地的镇官，在全县各乡镇的眼里，那就相当于京官，老三手里掌握的，无疑就相当于全县"京城"的财政大权。所以老三的行政级别，比各乡镇财政所所长高半级，相当于副局。可是老三想要的不是"相当于"，而是名正言顺。只有当上名正言顺的副局长，才能当局长，再往后才能当副县长。

　　在孙家，老三想要的这个位子不难，一点都不难。老四说，拿我的一套别墅，换个局长那是秃子头改屌富富有余。老四不当官，所以话粗。但老四有底气，拿钱没问题。她不但自己生意做得大，老公还是水山县的地税局局长。老大不说话，老大有的是办法，凭他在县里混了几十年的功力，把老三的"相当于"给去掉不是难事。难就难在老二那里。

　　老二也是个"相当于"。老二的农财股在水山县这个以农业为主的县里，是个举足轻重的股室。尤其是这几年，上边对农业的投入大，农财股的地位也水涨船高。老爷子不出门，那是上了年纪才不出门，过去可是常出门，啥事都瞒不了他。别看同是政府机关部门，可职能不一样，权力就不一样，像老二这样掌着钱的部门一个股长，就是文化局局长、文联主席、研究中心主任都不换。老二的老公何文学就是县文联副主席，主席是宣传部部长兼的。问问他在孙家有啥地位？老二为人热情，办事也公道，在县机关和各乡镇就连一些老百姓那里的口碑也好。她没在老爷子面前说过那个副局长位子的事，甚至连暗示都没有过。老爷子私下问过老大、老四。老大说爱彩是哑巴吃饺子——心里有数。老四说我二姐不争，但也不会帮我二哥。

到了老爷子这里，就更不好办了。老大说手心手背都是肉。老爷子知道老大那是给他一个托词。手心手背不一样，手背肉薄，手心肉厚。可是谁是手背谁又是手心呢？

马兰河在院墙的东边静静地向南流，流到县城的东南角，又向西流去，到了县城的南门，折向东南。阳光下，马兰河水闪着银色的光，平静中透着婀娜。这条河老爷子已经看了八十多年，少年时爬到大堤上看，中年时登到房顶上看：盖了两层楼，就上到二层楼顶上，站在更高的高度看了。从少年到老年一步一步登高望远使他从微观走向了宏观。

二

老爷子叫孙守田，顾名思义就是要守住田地。可是老爷子的儿女们没有一个土里刨食的，甚至没有一个户口跟田地有关联的。他的老邻居曾跟他开玩笑说，守田不守田，守的是财。他的大儿子孙敬财是农行行长，农行是县里最大的银行。老二老三是财政局的干部。老四是开发商，她的生意像发大水的马兰河一样，钱多得满地漂着。这还不算老四当地税局局长的老公何庆红，也不算在马兰镇当信用社主任的老三媳妇刘爱玲。孙家的儿女们紧紧地守着财，足以牵动全县的财脉。财是田地的升华，孙家完美地实现了这种升华。

人家的躬是鞠给他的儿女的，是鞠给他所代表的
孙家的，是一种付出或投入，继而是期望回报的。

因为这种升华，老爷子走在大街上就不停地点头。不是他喜欢点头，是人家跟他点，也不是点，是躬身。人家都鞠躬了，你总是要点头回应，这不光是礼节，也是做人之本，得意不能忘形。也是因为这种升华，老爷子不愿上街，人家的躬是鞠给他的儿女的，是鞠给他所代表的孙家的，是一种付出或投入，继而是期望回报的。老爷子代表孙家收受了人家的敬意并不能给人回报，背后就有一种亏欠，这种亏欠就会变成一种能量聚集起来。聚集起来的能量什么时候释放以什么方式释放他无法预知，也无法掌控，但总是要释放的。原来和他一个班子的村委会主任，低价买了集体的一辆客货车，说起来也不是什么大事，就是因为亏欠老亲舍邻太多，被人一纸告到县纪委，纪委派人一查，结果顺藤摸瓜又查出一大堆问题，最后判刑入狱。

最近一些日子，他隐约感觉到有一种能量在向孙家释放。像他这种经历的人，如果连这都感觉不到，岂不是白吃几十年干粮？

两个月前，他家后院邻居老韩家盖新房子，盖的也是两层小楼，不过设计时，楼面高出他家五十公分。老爷子还没说话，老三就不干了。在马兰镇尤其是在孙家近邻，你老韩家盖的房子一下子高出我们家的房子，不是想断孙家风水？再说，你老韩家连个招呼也不打，太目中无人了吧？老二说咱家房子人家早盖七八年，人家也没说咱家挡他家风水，算了吧。咱以后盖三层、四层，他不就挡不了吗？老三见老爷子不说话，只是阴沉着脸，就私下找镇规划部门，给韩家下了个通知，说是统一规划，让韩家的楼面降低了六十公分。老韩家没人出来骂街，好像吃了哑巴亏，可老爷子几次在门前遇到老韩，老韩都是低着头绕开他，好像没发现他。老爷子表面上不露声色，心里别扭了

一些日子。小保姆遥遥有几个夜里看见老爷子坐在床上发呆。她给老三说过，老三不以为然：老人睡得少，想得多，都那样。

这不，老爷子刚到了楼顶上，左边院赵老头子家的鞭炮声仿佛冲着他而来，激烈且持久地响起来了。

赵老头子家不知烧对了哪门子香，好运接踵而至。半年前，赵老头子家盖了新房。虽说到处借钱，欠了一屁股债，两层的小楼还是拔地而起。这一回，老爷子提早给儿女们打了招呼，反正咱老孙家马上要盖新房，任他们怎么折腾，咱到时都比他们高一层两层，就别为那三十五十公分闹得大家脸上过不去了。就为这，韩家人私下里骂孙老爷子看人下面条，不就是和赵老头子的媳妇过去有一腿吗？

赵老头子家今天比盖新房子还热闹，好像攒了一辈子的热闹全在这一刻爆发了。赵老头子的双胞胎孙子同时考上了大学，一个考取了清华，一个考上了北大。这在全县是件大事，教育局局长、分管教育的副县长都上门贺喜了，电视台也播放了，大红的绫子挂上门，鞭炮屑子铺满地。赵老头子一高兴作了首诗：

马兰河边老赵家，

大门朝东贴红瓦。

世代守法尽孝道，

勤劳节俭人人夸。

两个孙子最争气，

一个清华一北大。

全都念的是中文，

前途光明又远大。

这首诗竟然还在孙老爷子女婿何文学主编的《水山诗歌》上发表了。何文学还写了"编者按"，称赵老头子的诗像春天的马兰河水，是从心里流出的人间真情云云，气得老三孙得财骂何文学胳膊肘儿朝外拐。老爷子没骂何文学，老爷子只是觉得赵老头子的诗很可笑，赵老头子也很可笑。人生得意多显于形，况且赵老头子一辈子都没怎么得意过。他当生产队会计时，赵老头子是一般社员。每年收了红芋分到户，赵老头子都主动扛着切红芋的机子，找到他家地头上帮他切红芋干。红芋干一般是在地里收了后就在地里切，然后铺在地里晒。晒干以后，赵老头子不等他招呼，还会带着两个儿子把红芋干给他送到家。他当大队会计时，赵老头子依然是一般社员，见了他老远就打招呼，守田守田兄弟的叫得老亲切，仿佛一个娘生的。再后来城市扩建，马兰村的地渐渐被征完了，村改叫街道，他孙守田依然是街道会计，老赵头也涛声依旧地做一般居民。就说他孙家的房子，二十年翻盖一次，占地越来越大，房子越蹿越高，赵老头子家始终跟着他的屁股后边。做了几十年邻居，老赵头别说超他前边，就是比肩也没有过。再说赵老头子的两个孙子学的都是中文，学中文的不会对孙家守着的财构成威胁。孙家第三代中，长孙孙兴财的名字依然带着财，老二生的也是儿子，名字叫旺财。孙守田老爷子给老三、老四的孩子也想好了名字，一个叫茂财，一个叫盛财。后来，老三老四生的是女孩，老爷子才没强迫在她们的名字中带财。孙兴财已经继承了爷爷辈和父亲辈的传统，大学毕业后在省财政厅工作了两年就辞职下海做起生意，现在也是千万富翁了。孙老爷子认定，孙家从他这一代起不会再过穷日子。你赵家两孙子学中文能有多大出息？再说，现在大学毕业生、硕士、博士找不到工作的也多了去了。你以为还是学而优则仕那个年代？我孙家几个孩子一个没上过大学，不照样在水山县出人头地、呼风唤雨？不过，老爷子也的确有过片刻犹豫，难道，难道马兰镇这块地上的风水真的要改变了？不过，这仅仅是片刻之间的事，或者说是一念之间，很快就烟消云散。他从心里不相信赵家改了个大门的方向，就能超过孙家的风水。他也不愿意让孙家大门和赵家那些人家的大门一个方向。更为重要的原因，只有老大孙敬财看得明白，就是老爷子不允许儿女们改他的规矩，从而失去家庭的权威。

老二孙爱彩也提过以后盖新房子时，大门的方向得改一改。那是她有一个下雨天来，车在门口差点儿撞着赵老头子的媳妇瑞兰子，气急之下说的，不像老三是得了风水大师的指点而为了实现个人目的。孙守田至今记着她说的话：大门朝东开，车可以停在门口，不用拐进来拐过去，于己不方便也于人不方便。老二打从小就有一个习性——替别人着想，老爷子喜欢她疼她就这点，只是老爷子不愿在面子上显露出来，让其他三个子女嫉妒老二。当老人的要忌讳一碗水端不平，端不平溢出来的就是灾祸。

老赵头不就是显摆一回吗？他越是显摆越是说明心矮。一个小孩子在大人面前踮着脚，为啥，还不是觉得自己个子短。

孙老爷子突然觉得自己很宽厚，同时被自己的宽厚所感动。被自己感动了的老爷子决定为自己的宽厚埋单。他拿两千块钱封了两个红包亲自去了赵家。遥遥小心翼翼地扶着他。赵家大门没改朝向时，他出了自家的门拐一道弯就到了，赵家现在门朝东了，他得拐两道弯。拐了弯，他觉得眼前豁然开朗，宽阔的马路，绿肥红瘦的街心公园，白绸缎似的马兰河……难怪很多人家改了大门的方向。不过，孙老爷子并没动心。进了赵家门，他把红包捧在手上，两手抱拳冲赵老头子贺喜。赵老头子满面红光白发飞扬，只是哦了一声。一贯谦卑的赵老头子竟对他视而不见，只顾张牙舞爪地给县文联副主席何文学念诗。要不是赵老头子的老伴瑞兰子给他搬了个小凳子，他就成了晒在马兰河边的死鱼。尽管瑞兰子已经很老了，那双曾经让他丢魂的眼睛都快睁不开了，身上那种让他眩晕的气息也演变成近似母牛的味道，说话的嗓音也变成了熟过了头的沙瓤西瓜，老爷子还是很感激，甚至依稀找回了年轻时和瑞兰子的那种默契。

孙老爷子以为赵老头子念完诗，会像过去那样恭敬地叫着守田哥，蹲在他身边跟他说会儿话，共同完成贺喜的礼节。赵老头子过去在他面前的确是这样，他让他蹲他不敢坐，他让他坐他还是不敢坐，嘴上还得说我站着舒服。这是什么，这就是权威，是影响，是世道。然而，赵老头子这回让他大失所望了。赵老头子念完了诗，又和何文学接着谈诗。赵老头子说我打小就让我爹拿棍子赶着背书背诗，熟读古诗三百首，不会写诗也会诌。不信问问你婶子，我写过不少诗。

瑞兰子看了一眼孙老爷子，哼哧一声，你那都老皇历了。

赵老头子问何文学，"文革"那年代出了个天津小靳庄你知道吧？何文学说知道，当时我上高中，学校里小靳庄组织赛诗会，我还拿过奖呢。赵老头子说我那时也写了不少，有上百首。何文学问，怎么没出版呢？赵老头子瞅了一眼孙老爷子，哼，那时有人算计我，怕我比他好。我整天像个缩头乌龟，还出诗集呢！何文学好像很激动，那您老人家找出来，我拜读一下，能发表的我给您在《水山诗歌》上用。

　　赵老头子摇头，早沤成灰了。接着，赵老头子越谈兴致越高，瑞兰子几次劝他别说了，还示意孙老爷子在旁边，赵老头子装聋作哑不理会，相反越谈兴致越高，好像要向水山诗歌学会何文学主席证明他有生以来就肩负着诗人的使命，是诗族潜伏在马兰河边的不二卧底，两个孙子考上名牌大学的中文系是对文曲星基因的忠实传承和发扬光大。

　　孙守田突然想起，赵老头和赵老头的父亲都在马兰集上唱过大鼓书，也就是说书。赵老头子既然把唱大鼓书当饭碗，打小在他父亲的棍棒下死记硬背过一些古书古诗。别看很多人把唱大鼓书的看做要饭的，可年轻时的瑞兰子喜欢上年轻时的老赵头，就是因为老赵头唱大鼓书。后来，老四孙宏财聊到这事时，说得一针见血：爸，你们年轻时代，在老赵大爷家的瑞兰子大娘眼里，老赵大爷就是个文化人，是她的精神追求！就像何文学，当初我姐还不是看上何文学会写诗，水山小报上三天两头登他的狗屁诗！

　　此刻，何文学让孙守田发自内心地厌恶。这个何文学竟然对老岳父的到来不屑一顾，滔滔不绝地赞美赵老头子的诗是有感而发诗由心生，是最纯粹的去伪存真去芜存菁的惊世大歌。

　　老赵头一高兴，出口成章地念了两句诗：十年河东转河西，大福大贵到赵家。何文学马上击掌，好，绝句！何文学一说，遥遥也在旁边鼓掌。

　　老赵头接着又念两句：有人进京去烧钱，我孙进京把书念，来日长成栋梁材，回到水山换新天！何文学又是击掌又是夸赞，有气魄，有大气，就是要让水山县换个新面貌！

遥遥也在旁边说，换吧，第一个就把拆俺家房子的贪官给换掉！她家前些日子遭强行拆迁，她爸爸现在还和几个同样被强行拆迁的村民在省城上访。

　　何文学烧起了轰天大火，赵老头子把自己烤成了红头大虾。

　　何文学官方身份是县文联副主席，民间身份是县诗词学会主席，家庭身份是孙爱彩的丈夫，孙守田的女婿。孙守田开始不满意何文学，曾经因为阻挡孙爱彩和何文学约会把孙爱彩关了几天。无奈那时的孙爱彩还是个县城近郊农村的女孩，同许多同龄人一样，对有文化的人非常崇拜，加上何文学对孙爱彩穷追猛打穷追不舍，最后还是成了孙家的女婿。何文学在县报当副总编时，有一个记者写文章批评县农行，当时还是副行长的孙敬财找到何文学，让他把批评文章压下，何文学一口拒绝。孙敬财想搬老爷子给何文学施压。何文学推说有事往后推了两天。第三天晚上到了老爷子家，没等孙敬财开口，就把已经登了文章的报纸拿给孙敬财，还把孙敬财给的一万元钱退给了他，气得孙敬财脸色煞白。过了不到一周，何文学就调到了县文联。老三曾私下给孙守田老爷子嘀咕，何文学的调动是不是老大做了手脚。老爷子心里认可，嘴上却责备老三瞎胡猜，那组织部又不是农行开的，老大他凭啥对人事上的事指手画脚？不过，从那以后，孙老爷子就认定何文学缺心眼。缺心眼的人在当地被戏称为一瓶子不满半瓶子咣当。老四背地里干脆就称何文学咣当。此刻，老爷子确信何文学吹捧赵老头子的话并不是别有用心，也是有感而发。确信了这一点，孙守田就不在乎被冷落的尴尬，而是饶有兴味地看着缺心眼的女婿和疯子赵老头子怎么把这出闹剧演下去。遥遥仿佛也兴致很高，不时帮何文学吹捧赵老头子。

接下来的剧情出乎他的意料，赵老头子在出口成章几首打油诗后，又开始和何文学高谈阔论文人的高尚。赵老头子说，我们老赵家世代读书人家，十分清廉。孙老爷子想，你们家世代也没做过官呀，你倒是想不清廉呢，行吗？就让你代理几天会计，你不还搞贪污？赵老头子一生最大的官是当过两个月的生产队代理会计，那是孙守田去邻村参加"社教工作队"，让给赵老头子的。就这两个月间，赵老头子竟然弄差了生产队的八块五毛三分钱。倒是这八块五毛三分钱成全了孙守田日思夜想的和瑞兰子的梦。他对瑞兰子说你男人要戴坏分子帽子了。瑞兰子害怕了。那年代坏分子就是阶级敌人。阶级敌人就得被专政。专政的滋味可不好受。她只得舍身给孙守田，救了自己男人。孙守田当了一辈子大队会计，地里有几棵庄稼瑞兰子身上有几根毛全都在他心里。

何文学接上吹捧老赵头，是啊是啊，读书人起码不会迷失做人的方向！

孙守田老爷子心里又一阵子不痛快。妈的，县文联掰着手指头算就三人，其中一个还是临时工；一台破桑塔纳，经常半路上抛锚；你平时喝茶，茶叶都得从家里带。你倒是不廉洁我看看。

瑞兰子给孙守田倒了杯开水，抱歉地说没放茶叶。赵老头子却不以为然，还话中带刺，我们家喝不起茶叶，不像有的人家喝茶都讲究这牌子那牌子，喝不完的几百元几千元一盒的茶叶当杂碎倒。别看那样人家的儿女做官的做官，搂钱的搂钱，表面上风风光光，其实就是驴屎蛋子外面光。剥开一看，官帽上带着脏气，票子上带着腥气，那人家有一个算一个先拉出去毙了，回头再查保准不冤枉。

　　何文学接上说，腐败分子不会有好下场。陈毅元帅有诗云："手
莫伸，伸手必被捉。"

　　赵老头子哈哈大笑，陈元帅的诗好，必被捉、必被捉……

　　孙守田当时就傻了，这不明摆着指孙家吗？他脑袋"轰"的一声
就大了。他想起身，可两脚突然间像和大人赌气的孩子一样不听使唤。

　　老赵头子根本没理会这位老邻居的体会，接着问何文学，何主席，
你说这社会变得怎么越来越让人混沌了？有的人家一人得道鸡犬升天，
一人有权全家发财。我听电视上说这叫什么来着，对，对，利益集团！
大集团小集团，都他娘……他还没说完就剧烈地咳嗽起来。瑞兰子赶
忙去给他捶后背。孙守田老爷子这回找到了个体面的台阶，同时也找
到了报复的机会，冷冷地笑一声，倒背着手晃着身子往外走。本来是
来贺喜，不料反倒成了戏里白鼻子的奸臣。老爷子一边走一边冷笑，
差点被院门的门槛绊倒，幸亏瑞兰子抢先一步拉住他。老爷子表情古
怪地看了看瑞兰子，像年轻时一样，很轻浮地伸出手在瑞兰子脸上摸
了一把。他希望疯了的赵老头子能看到这一轻浮荒唐的动作，进而能
找回伴随了他一辈子的失败感。

　　孙老爷子回到家里的第一件事，就是打电话给老二孙爱彩，让她
把半个脑子的何文学给叫回去。他想狠狠地恨一下赵老头子，可是却
恨不起来，甚至连诅咒的兴趣都没有。平心而论，该被恨的该诅咒的
应该是他孙守田，一辈子话虽说得低事情却做得高，儿女们得道把着
水山县财脉且不说，就是赵老头子的老婆瑞兰子也把二十多年最美好
的年华奉献给了他。快入土了，赵老头子终于敢说话了，并且一出口

就咬牙切齿杀气腾腾，像是个骂街的泼妇。孙守田不这样，孙守田不在话上找补高低，话高高一时，事高高一世，咬人的狗不叫，狂吠的狗吃不到肉，这是真理。孙守田一辈子满脸平静似笑非笑，胸中的乾坤又有谁人知晓。

小人得志。对于赵老头子的德行，孙老爷子得出了这样的结论。得出结论后，孙老爷子就有了一种看笑话的愿望，赵家仿佛是一个戏台，正在上演闹哄哄的一台乱戏。孙老爷子不关注过程，他历来都只注重结果，这次他期待的是一个乐极生悲的结局。

赵家一反常态的热闹使他有一种不祥的预感。老爷子的预感一向准确。

果然，孙老爷子的预感夜里就应验了。后半夜，先是隐隐约约一缕细鸣，转而是瑞兰子清晰的凄厉长嘶，半分钟后就成了疾风骤雨般的一片哀号，老赵家哭声震天。

孙老爷子预料的结局出现了，赵老头子死了。他突然觉得有点索然寡味，老赵家的戏不厚实，不经看，就像一个突遭艳遇的鳏夫，刚一个回合就泄了。他突然想到，赵老头子比自己小五六岁，走到自己的前边，该不是大门改方向闹的吧？他悄无声息地起了床，一步一挪走到窗前，吃力地睁开眼睛向赵老头家院子看去。赵老头子家的两层小楼挡住了他的视线，只能看到院子上空昏黄的灯光。假如赵老头子家大门不改方向，他是可以看到赵老头子家院子里的情景的。

方向，方向能随便改？整个一傻熊！孙老爷子更加坚定不移地相信，他的坚持没有错。

三

老三孙得财捧着两盒茶叶，一进门就喊，遥遥，请爷爷品茶！遥遥"哎"了一声就开始往二楼顶上端茶具。遥遥是孙得财媳妇刘爱玲的远房侄女，孙得财就是她姑父。有了刘爱玲这个姑姑，才有了孙得财这个姑父，有了孙得财这个姑父，才有了孙家爷爷，才有了遥遥风不吹头雨不打脸的幸福日子。遥遥懂事明理，姑父就是她亲人，孙家就是她家。姑父的吩咐，遥遥格外乐意，上楼时一步三个台阶，猫一样敏捷。

孙得财扶着孙老爷子上楼时，遥遥已经把水烧上了。老爷子爱喝茶，还得感谢在生产大队当干部的那段岁月的造就。马兰村是当时的公社所在地，又是水山县所在地，县里公社里的干部来得相对多，有的领导喜欢喝茶，大队就准备了茶叶放着，保管茶叶当然是他这个当会计的工作的一个部分。领导走了，老爷子就把茶壶里的剩茶叶捞出来晾着，搛着茶叶末子自己享用，利口解渴消暑退火，味道很好。所以，马兰镇一带几十年来懂得品茶的只有他。

孙得财先沏毛尖。毛尖细嫩，香气细腻飘逸，适合先品。孙得财先用八成热的水洗茶，从一数到五，滤掉水，再用七成热的水沏茶。水热了不行，八成热的水洗过的茶加上七成热的水沏，水温就到了七成半，这样的温度沏的毛尖，香气淡远且容易捕捉，入口略甘，老爷子喜欢。

品完毛尖，孙得财又换上猴魁。猴魁香气高厚，又透着些藏而不露的凌厉孤傲，是老爷子的最爱，只是沏茶时水温要高出毛尖半成。

喝了一口猴魁，老爷子往藤椅上一靠，半闭着眼睛说，好茶。

就知道您能喝出来，猴坑的。老三说。

猴坑就那两亩地，供中央首长喝都不够，你还能。老爷子说。

老三笑笑，人家就那么说，说是猴坑的。

茶好喝就行，管它是不是猴坑的。老爷子说。

对对，英雄不问出处。孙得财说。咱老孙家没靠山没背景，孙家儿女能有今天的大好前程全靠您老人家把握方向掌稳舵。老三知道这话老爷子爱听。

别跟我绕了，老爷子心里甜滋滋的，脸上并没显露出来。老三，你一个大忙人，平时鬼影子都难看见，这会儿不是来跟我论茶的吧？

遥遥接上说，爷爷我帮您老人家记着考勤呢，这个月我姑夫来家看您的次数最多，都第三趟了。

老爷子翻了翻眼皮，表示对遥遥不满。傻妮子，这事能让他们兄弟姐妹知道？

孙得财笑笑。他长得猴子似的，眼睛一会儿都不安分，专盯着人脸转，转着转着就转出了主意。前院赵老头子家，送葬的队伍已经走了，只落下满地的黄白纸片，风吹过，纸片在院里肆意飞舞，喧嚣而凄凉。居高临下，观赏着这样的景况品茶，有一种奇怪的感觉，或者说有点残忍。这种残忍不光是对赵老头子家，也是对孙老爷子。孙老爷子快八十了，应该没有对着别人的死亡品茶的情致。孙得财有点后悔，说，爸，楼上有风，咱们进屋吧。

孙老爷子伸出手，在半空压了压：屋里闷，有话就在这里说。

爸，他们，孙得财指了指前院说，他们要告何文学。何文学是孙得财的姐夫，但孙得财和妹妹孙宏财从来就不叫二姐夫，都是叫何文学。孙宏财背地里叫咣当。老爷子知道，他俩压根看不上何文学。孙得财对何文学的意见更大。他第一次提出改大门方向时，何文学就插了一腿，说什么不要迷信，方向无所谓，不管朝东朝西只要住着方便舒服就行。孙得财想骂放你妈的屁！方向关系到前途命运，关系到世代家业。你不就想让你老婆当副局长吗？干吗拐弯抹角！

孙守田老爷子曾骂过老三老四没家规，可久而久之也就听之任之了。姓名、称谓还不都一样的性能？再说这个姓何的也的确不让做弟弟妹妹的尊重，自己不争气，在文化局副局长位子上趴了近十年，又在文联副主席的位子上磨蹭了七八年，就是汽车抛锚也该修好了。

赵老头子家说何文学那天跟赵老头子又喝酒又念诗，赵老头子的媳妇儿媳妇几次劝赵老头子休息，何文学挡着没完没了。老赵头子犯病硬是何文学闹的。孙得财接上说。

老爷子哦了一声。

不能让他们告，何文学好歹也是咱孙家的女婿。

老爷子又哦了一声。

这不是冲咱老孙家来的吗？妈的，打狗也得看主人！孙得财越说越激动。

遥遥在旁边插话，唏，赵家人弄啥呢，我姑夫没打他没骂他，咋赖上我姑夫了？

孙得财摩拳擦掌，爸您说怎么办呢？您给个方向，事情我办。

让他们告。老爷子说。

为什么？

让那个半个脑子长记性。

可是我二姐，对我二姐影响不好吧。老三说。

你二姐是你二姐，他是他。

对咱孙家，有没有什么影响爸您说。

孙家是孙家，他是他。

哦。孙得财说，我知道了。老爷子这会儿一直闭着眼，他看不清老爷子的眼神，所以无法琢磨老爷子的心理。他拿起手包，刚要给老爷子告别，老爷子说话了，就那么着急，是不是你背着媳妇在外边也那个了？

孙得财嘿嘿笑了两声，怎么会呢！我媳妇可不是老大媳妇。我要真有那个，我媳妇还不给我那个！再说，老大已经是正科，离退休没几年，无所谓了。我，我这……他没往下说。

老爷子说，有什么话，说完。

老三重又坐稳，嘿嘿一笑，他等的就是老爷子给他这个台阶：爸，什么都瞒不了您。

老爷子不吭声，他不再给老三垫话。知子莫若父，老三喜欢绕，从小就喜欢绕，给他垫话就是给他台阶，就是纵容。孙得财当然明白，但他改不了，此刻还是习惯性地绕圈子：其实也没什么，就是咱家盖新房子大门的方向问题。

就知道你得说这个。老爷子心里说。这几年马兰的人家大都盖了新房，靠近马兰河边的人家，跟风似的学着老赵家把大门的朝向改朝东，出了门就是马兰河边的水泥路，过了水泥路就是沿河公园，再下几个台阶就是缓缓流淌的马兰河了。房子面朝东，豁亮，顺畅，就像住在公园里。在风水学看来，河水主财，门前守着一条河，那就是守着滚滚财路。赵老头子家就是前几年翻盖房子时把朝向改成了向东，才几年时间两个孙子分别考上了清华和北大。老邻居私下议论，风水轮流转，现在该是门朝东了，朝东，成了马兰的人心所向。这些孙老爷子早看在眼里。

孙家在上个世纪八十年代在马兰第一个带头盖了新房。新房子盖在老宅基地。当时，孙家的两层小楼格外引人注目。有时周末老大回家，行里有人找他，派司机时只说一句：沿着河走，有座两层小楼就是行长的家。这几年，老亲舍邻都逐渐富起来，盖新房子的多了，三层、四层的小楼就有十几栋。老爷子相反不着急了。树大招风，再说儿孙都不在家，盖那么大的房子做啥？老赵头家的新房落成后，他才动了盖新房的念头。老三孙得财一开始就提出要把大门朝向由南改向东。老爷子孙守田没同意。最近，孙得财又提过，孙老爷子生气了，还差点儿摔了酒杯。不过，孙得财没泄气，见老爷子不吭声，孙得财试探着说，爸，您看……

老爷子哦了一声，睁开眼睛看着远处。远处，马兰河向西流去，在县城南门，又折向东南，在无边的田野上，写下了一个巨大的"之"字。面朝东的人家，实际上是面对着"之"字的"横"，而孙家的房子，则是侧挎着"横"，面对着"折"和"捺"，是更加的辽阔和远大。这一点，老三不懂。

其实朝东，风水也不错，像赵家，孙得财往前院指了指，接着说，改了方向，两个孙子就考上了名牌大学。风水大师说方向就是命运，就是运程。

遥遥又插话，大门朝东好，出了门不用拐弯抹角，直着过去就到公园和河边。我可以天天扶着爷爷逛公园。爷爷要是有兴致，咱还可以钓鱼呢！

老爷子冷冷一笑，心想，赵家是考上了两个学生，可是赵老头子却没了，一件喜事抵一件丧事，扯平。这笔账他早就算好了，赵老头子死和活对赵家并没有什么影响，唯一遗憾的是赵老头子没有充分享受两个孙子考上名牌大学的荣耀，这是命，怪不得别人。再说，两个孙子考上大学，也不是赵老头子的功劳，赵家像一块贫瘠的土地，两个孙子把地力拔尽了，赵老头这棵老蒿子自然就干枯了，一颗火星就烧了个精光。不像孙家，孙家是他孙守田一手培育的，几十年来他修枝打杈浇水施肥，看着孙家的儿女们一步一步从马兰河边的烂泥里长成马兰镇人人仰慕的大树。孙守田享受的是付出和收获，并且进而支配着这些收获使之发扬光大。

孙得财当然没有把老爷子的沉默当成默许，他了解老爷子，老爷子让人说话，等你说完了，他再告诉你他的主意。也就是说，让你说话，不等于就是和你讨论，你说话只是提出问题，最多也只能是加快解决问题的进程。按孙得财的设计，先跟老爷子提出赵家要告何文学，牵出二姐，看老爷子对二姐的态度，然后再提出房子的朝向，争取让老爷子改变主意，把房子改成面朝东。在他看来，只要大门的方向改了，风水大师预言的他的财政局副局长的位子就十拿九稳。

孙得财说的看似两个问题，一是何文学和二姐孙爱彩，二是翻盖新房的朝向。实际上两个问题都是为一件事：谁当县财政局副局长。这次提副局长，老三孙得财和老二孙爱彩两个人都是考察对象，就是两利相权取其重，这个道理尽人皆知。

说必有一个。孙得财和孙爱彩表面上互相谦让。孙爱彩说我一个女同志，快五十的人了，当不当那个副局长没啥。孙得财说姐你真没几次机会了，我打算给组织部的同志说说，我不参加这次竞聘上岗了。可是，私下里他却找到大师给自己看了，大师说你这回当上副局长，过两年还能当局长，再过几年能弄个副县级……不过，大师说了个事关重大的问题，就是他家大门的方向要改向东。大师说赵老头子家大门改朝向就是他给看的，结果赵家两个孙子就都考上了名牌大学。老三的儿子正在上高中，明年就要高考。就是老三不当副局长，儿子能考上大学也值得。可是那天他刚提到改朝向，老爷子就生了气，老三吃不透老爷子的想法。

老三的想法孙老爷子全都明白，老二有城府，不说，但老爷子也明白。老三两口子，一个是镇财政所的所长，一个是镇信用社的主任，地位基本上是个平手，老三高上一头当然是好事。老二呢，丈夫何文学是个不着调的半瓶子晃当，何文学在单位在家都没什么地位，指不上，那个小家只能指望着老二了。可是老二老三是亲姐弟，孙家兄弟姐妹之间向来谦让，这是打孙老爷子小的时候就严守的家规。此刻老三再一次提出改变房子的朝向，老爷子知道他是真的急了。

两利相权取其重，这个道理尽人皆知。但在孙家，谁更轻谁更重呢？老爷子不能不深思熟虑。要论贡献，老三的贡献最小，从小上学，一直上到高中，没出过什么力。老二就不同了，老二小的时候老大已经当了农行的代办员，也就是不用种地拿工分了，家里的粗活细活都是老二一肩挑，老二是孙家的一头驴，对一个女孩子来说太不容易。要是论听话，那还是老三，老二是驴脾气，干的活最多，出的力最大，相反招老爷子生气也最多，比如她嫁给半个脑子的何文学，就把老爷子气得一年没让她进孙家的门。再比如老四孙宏财、长孙孙兴财都做生意，做生意得用钱，老大老三都支持过他们，而且是不遗余力地支持，可老二就是不接他们的茬。老二说我手中是管着很多很多钱，可那是政府为农民服务用的。为啥叫农财，就是给农民的财，说是用来帮着农民发财也对。我要给你们做房地产，那不公然违法乱纪？再说，我良心也不安。为此，老四和孙兴财没少了背地里骂她假正经。

当然，还有一个重要原因，就是老爷子认定孙家的风水得益于大门向南。这绝不是改一下方向，而是很可能改变孙家的运程。

孙得财没拿到老爷子的态度有些不甘心。他说赵老头子家看样子是动真格的了。

老爷子这回不是哦，而是哼了一声。别看那一声是从鼻孔里出来，着实让孙得财心里发憷。

四

赵家果然把何文学给告了。

赵家的两个孙子辈的同时考上了名牌大学，在县里成了名噪一时的人家。水山县多少年来也没有出一个北大清华的考生，赵家无疑是众多学校和老师研究的对象，学生家长学习的榜样，舆论关注的焦点，全县阶段性的热门谈资。昨日还被水山县网民亲切称呼的赵老头子，现在被赵老先生代替了。赵老先生为啥会意外病故，也由猜测变成了肯定：赵老先生被小人算计了。这个算计赵老先生的人是谁呢？是赵老先生一墙之隔的孙家。孙家为什么算计赵老先生？因为赵孙两家多年来就有隔阂……这样，何文学个人的行为自然也就有了孙家的背景，整个事件的起因顺理成章地变成了孙家与赵家两家的恩怨。

人世间本来就是一个发酵池，人们的好奇侠义各怀鬼胎损人不利己以及与生俱来的参与欲望无疑是性能优良的酵母。赵老先生之死最终被舆论演变成了蓄意谋害，逻辑支持也是坚不可摧的：赵家盖新房子时，因墙角遥遥地冲着孙家的客厅正门，被孙家视为破坏了孙家的风水，因而孙家施尽手段对赵家打压，迫使赵家将房子缩小了半尺；两家结怨后，孙家在水山势力较大，多次排挤、刁难甚至污辱赵家，孙家的二女儿甚至开着车撞赵老先生的夫人，幸亏赵老先生的夫人躲得及时才幸免于难；赵老先生不堪孙家的欺负，鼓励两个孙子发奋读书，终于考上名牌大学，孙家为此恼羞成怒……有网民发动了人肉搜索，于是，孙家和赵家半个世纪的恩怨都抖搂出来：孙家掌门孙守田在赵老先生的老婆年轻时曾多次将其霸占，赵家的儿子极有可能是孙守田的儿子，赵家考上北大的孙子也就极有可能是孙家的孙子，赵老先生死后，孙子就有可能认祖归宗回归孙家。孙家在水山县是首屈一指的大户，容不得一墙之隔的赵家与之抗衡。但是孙家影响大，树大招风，不便出面和赵家争个高低，于是乎让当县诗歌学会主席的二女婿何文学作诗讽刺挖苦，活活气死赵老爷子。在舆论中，孙家渐渐就成了欺男霸女的恶霸，成了众矢之的，首当其冲的孙老爷子自然也就成了被轰天大火烤着的红头大虾。而与赵老头子的死多多少少有点直接关联的何文学，则被忽略成了孙家手里的一张牌，成了可怜的走狗打手牺牲品。

这一切孙老爷子完全没有料到。他那天对老三哼了一声，是想对老三说赵家不敢。不敢并不是怕何文学那样一个县文联副主席，而是何文学身后的老孙家。正像老三所说，赵家打狗也得看主人！没想到赵家这回偏偏不打狗而直接打主人。网上那些事，不是赵家整的还有谁？当然也少不了韩家。孙老爷子被打得有点发蒙，好几天没有上二楼顶的平台。他觉得平台此刻就是高高的戏台，戏台四周都是眼睛，所有的眼睛都盯着台上唯一的丑角。孙老爷子能清楚地感受到那些目光中的恶意，隔着衣服也能清楚地感觉到那些目光的力度和射在身上的痛感。

孙老爷子并不打算反思，更没有必要悔过。在他近八十年的人生体验中，反思的意义在于对以后的指导。当年他当大队会计时，曾经拿一斗麦子接济过市人民银行的李行长。那一斗麦子不是小数，对孙家来说，是一笔大额投资。李行长当时走背运，戴上同情右派的帽子下放在马兰村。开批斗李行长的大会时，全大队参加批斗会的人中只有大队会计孙老爷子没举拳头。李行长一家当时被安置在冬天放牛草的屋子里，别说没人敢到他家去，就是从他那门口过都躲着绕着。孙老爷子和别人不一样，他时不时到李行长家串门子，嘴在和李行长说话，眼睛却偷偷瞅李行长夫人雪白的脖颈和隆起的胸。有一次是晚上，李行长的夫人烧了一锅水让李行长泡脚，李行长泡完脚，李行长的夫人去倒洗脚水，孙老爷子上前夺盆，说这脏水盆怎么能让嫂子细皮嫩肉的手端。说着，他摸了一把那双细皮嫩肉的手。到了春天青黄不接，李行长的孩子饿得嗷嗷叫，孙守田让自己的孩子啃红薯面搀红薯秧的窝窝头，把仅有的一斗麦子深夜送到了李行长的茅屋里。李行长的老婆当时就给他跪下了。他弯腰搀李行长的老婆时，不知是无意还是有意，手碰了一下李行长老婆的奶。

一斗麦子的投资换回来的回报是惊人的，最终彻底改变了孙家的家族命运。李行长没多久就官复原职离开了。一开始，孙老爷子还有些沮丧，如果再给他两个月的时间，他十拿九稳地能把李行长那个白白胖胖的老婆睡了。没想到艳福太浅的孙老爷子却得了其他方面的福。又没过多久，他刚刚十五岁的大儿子孙敬财就当上了储蓄代办员，二十岁就当上了银行储蓄股的副股长，二十五岁当上了信贷股股长，而后副行长、行长。随之而来的是老二进了财政局，老三进了镇财政所，老四一开始做生意就得到了巨额的资金支持。孙家的儿女，没出一个大学生，并不是他们考不上大学，而是来不及考大学。

孙家的这棵大树长得太快了，毕竟只有一斗麦子的底肥，不足以使这棵树真正的根深叶茂参天而立。大风大雨的时候，孙老爷子甚至担心这棵树会倒下，最可行的办法是给这棵树修枝打杈。这个时候孙老爷子就会反思。如果老大不把大量的资金挪给老四，如果老四的生意不这么扎眼，如果老三像老二那样坚持原则，把好关口，不把大笔的无息贷款挪给老大的儿子在省城开投资公司，孙家这棵树的枝叶就不会这么招风惹雨。如果老大不养白雪这个情妇，老二不找那个一瓶子不满半瓶子咣当的老公，老三不那么急于争副局长位子，老四不这么张扬霸道，孙家这棵树就不会生出这么多的虫洞。

而现在，孙老爷子所担心的一切都不会改变。顺着一连串的"如果"往回倒，后果更是可怕的。没有老大的资金支持，老四就做不了生意，老四的家庭就稳定不了，她那个当地税局局长的男人根本就是个地痞流氓，背着老四没少搞女人，老四财大气粗了，他才老实一点；

没有老三的财力支持，老大的儿子孙兴财就办不了省城的投资公司，孙家未来走出水山县杀向省城的规划就会泡汤；没有老四的生意，孙家的财富来源就会遭受公开的质疑。老大不养白雪，铁定了就要跟那个在县工会工作的老婆离婚，一离婚他老婆就会毫不留情地把老大的底细抖搂在光天化日之下；老二和老三要是不出一个副局长，手下人的官场赌注就会押到别人身上，不光包不住挪用公款的事情，牵出其他的恶心事也是完全可能的；要不是有一个整天咣当咣当的何文学，老二就不会那么奋发图强，奔五十的老娘们还利用大礼拜一个月来回两趟去北京读什么硕士……

孙老爷子原本是想有一把吃饭的勺子，可是使着使着这把勺子就成了笊篱。要是再想把笊篱变回勺子，那就成了一捧支离破碎的废铁。

这些都是孙老爷子能想得到的，想不到的是赵老头子的死居然会掀起轩然大波，并且舆论的矛头会直接指到自己头上。甚至在社会上的流言中，自己居然成了恶人。

网上涉及的事情，有的是事实，比如赵家翻盖新房时确实存在墙角冲着孙家的客厅正门，这一点非常明显。邻居之间的房子，讲究"宁冲三山不冲一拐"的规矩，"拐"就是墙角。不过让赵家把房子缩小半尺这件事，是老四背着老爷子做的，直到今天老爷子才知道。赵老头子的老婆瑞兰子确实跟孙老爷子好了多年，但那是瑞兰子自愿甚至是上赶着的，从瑞兰子每次和孙守田在一起时幸福的表情和欢愉的叫声就可以证实。有一回孙守田喝多了酒，那家伙软了吧唧硬不起来，瑞兰子当时在地里偷了袋鲜红芋急着往家赶，硬是用三个手指头捏着他的家伙往她下身放。至于说赵家的二儿子是孙守田的骨血，孙老爷

31

子也不止一次地问过瑞兰子，瑞兰子也不确定，这世上身份存疑的人多了去了，并不是只有赵家的二儿子。赵家考上北大的那个孙子，也确实是赵家二儿子的儿子，也就是说有可能是孙家的种。可是孙老爷子并不打算弄清楚这一点，孙家不缺人，不想争赵家的孙子。至于说孙家容不得赵家与之抗衡，也是实话。在孙老爷子看来，整个世界都是在叠罗汉，所有的目光无一例外地都盯着最上面的那个人，你要是想往上爬，就必须是人踩着人。赵家上来了，有一天就有可能要踩着孙家，这很正常。他被你踩脚下半辈子，有朝一日翻了身，能不以牙还牙以血还血？除非他的血不是热的！"文革"结束后没多久，老赵头就曾在孙守田面前念叨过，说他当代理会计时差的八元多钱，是有人存心陷害他。还说媳妇瑞兰子可以作证，如果他真贪污了钱，那个年代八元多钱得买多少粮食多少家用？根本就不能藏着掖着。孙老爷子当时差点和老赵头动了手。一辈子没向人家卷腿捋胳膊，唯一就那么一次。

甚至对赵老头子的死，孙老爷子也是庆幸多于惋惜，那充其量也不过是人人都有的妒忌心和歹念作祟罢了。

所有的人都有自己的秘密，所有的人也都有一系列恶毒的想法，只是这些秘密通常不会被有意识地戳破，恶毒的想法也不会被有计划地实施。如果把这些秘密和恶毒的想法用一条逻辑线穿起来，进而把因和果的关系推演成一个个结，恐怕本事再大的人也难以解开。

赵家告何文学的案子，已经下了开庭的传票。这是老三孙得财告诉老爷子的。老爷子虽说开始时不在乎，越往后心里真有些不舒服，不是心乱，这点风雨孙老爷经得住。是心烦，平平安安的日子，非弄个官司出来。这个官司输了赢了都没好处，真不如当时听了老三的，干脆私下了结，不让他们告到法庭。几十年都没看错过方向的孙老爷子，这次对方向没了把握。

　　法院很快就主持了调解。开庭传票已经发了半个月，也没见一个孙家人打招呼。孙家什么意思主审法官有点吃不透，虽说孙家的势力集中在财税金融口，但其实力绝非如此。别人不说，单是孙家老四，不光手上的钱可以铺满县城，还在每个乡镇都捐建了一所以她名字命名的宏财小学。她还有一个半官方半民间的身份是市政协常委，就是县里几个主要领导对她也有几分恭敬。市政协常委里可是集中了一批老领导老干部。在水山县，甚至在全中国的官场上，老领导老干部可是不容忽视的重要力量。他们手中没权了，但有权力资源，哪个老领导老干部没提拔过干部？帮你可能不行，但毁你肯定没问题。因此，她在水山县的政治影响力远远超出了常人的想象。一个风风火火的老四孙宏财已经足以改变绝大多数人的政治前途，孙家其他的人要是再上手，就更不能不给予足够的重视了。奇怪的是孙家人半个月不露面，连个电话都没有。老二孙爱彩仿佛压根就不知道这件事。

　　孙家人不露面并不能直接解读为对被告何文学的输赢不在乎，谁要是这么解读那他准是个笨蛋，而笨蛋是当不了法官的。赵家呢，虽说只是两个毛头小子考上了名牌大学，但谁也不能保证四年后，五年后，十年后这俩小子不会在京城，在省城，在市里或者水山县折腾出点名堂。名牌大学的学生前途无量。再说了，名牌大学学生即使本人仕途一般，还有那么多同学呢，同学之间保不定有人做大官，稍微提携一下就不得了，别人用上吃奶的劲都不一定比得上。况且，这仅仅是一桩简简单单的民事案子，民事案子是可以调解的，而调解达成的意见是原被告双方意思的真实表达，与法院无关。

原告赵家和被告何文学很快就在法官的主持下签署了调解书。被告何文学在十五日内赔偿原告赵家丧葬费、精神抚慰金共三万六千元。何文学并不想降低赔偿金额，他要证明自己是个勇于负责的男人，钱，只是这种负责态度的物化体现。

何文学在调解书上签完字后表白，请你们相信我，赵老先生是一个很有深度的农民诗人，他具有诗人应有的气质，他拥有一个属于自己的精神世界，你们可以不理解，但你们不能不承认。赵老先生是高兴死的，这是诗人最高的死亡境界，因此，作为后人你们应当感到幸福。法官及时制止了何文学的诗意表述，因为他们发现赵家的人的神情与何文学说的那种幸福感背道而驰。

赵家的大儿子说话也干脆利落，别说那屁话。你交了钱，这案子就结了。瑞兰子也许是上了年纪脑子有点糊涂，也许是真的着急上火，说得比她大儿子更直接：我家俩孙子还等着钱交学费！

何文学说的是男子汉话，可是做不了男子汉的事。他没有存折没有卡，所有归他支配和他有权支配的钱都装在衣服口袋里。他翻遍所有的口袋，掏出二百九十七块一毛，这就是他的全部积蓄。

何文学的朋友本来就不多。现在这社会人们讲实际，别的朋友经常请你吃喝，你从来不请别人，再说你还有个在财政局工作的老婆，这不是故意装傻？慢慢地也就没多少人请他了。有几个至今坚持在诗坛勤奋笔耕的朋友，虽然承认他何文学是水山县诗界领袖，喜欢和他一起吟诗，但诗人可以让阳光分解，让风沙埋葬，让风载着灵魂巡视山川壮丽江河辽阔，让梦在美人的胯间游走，把自己火热的心装进爱人的胸腔，但那充其量只能变成思想，变不成钱。他的一个诗友就曾经埋怨知识贬值，一首好的歌词就是一首好诗，谱成曲，名歌手唱一次好几万，再唱一次又好几万，有的歌手一首好歌唱一辈子能挣好几百万，可词作者也就几百几千元钱的稿费。

几个穷光蛋的诗友给何文学凑了五千元。五千元，离三万六千元差得远呢。何文学只好硬着头皮找老婆孙爱彩要。孙爱彩静静地听着何文学用诗意的语言介绍事情的经过，又静静地听完何文学说出的钱数，看也不看他一眼，冷冷地问了一句：你说完了？

何文学说，说完了。尽管他和孙爱彩夫妻感情几乎到了崩溃的边缘，但毕竟还是夫妻，毕竟还有过山盟海誓，毕竟还曾经爱得死去活来。感情不和也不是我何文学一方面的责任。自打你有了孩子，注意力就放在了孩子身上，很少再像过去那样体贴我。自打你转正以后，对工作的热情比对自己男人的热情高几倍，有时下乡一待几天不回来，让你男人守寂寞。尤其是你越来越轻视我，甚至看不起我……当然，这些话是不能说出口的。他何文学是诗人，诗人就是文化人。文化人不能把自己降低为一介野夫。再再说了，这理由那理由也不能成为你背叛爱情的理由！

孙爱彩转身进了厨房，过一会儿出来了，简单说了一句，知道了。

何文学问，钱怎么办？

孙爱彩问，钱怎么办？

何文学说，我问你呢。

孙爱彩说，我问你呢。

何文学说，不给？

孙爱彩说，凭什么？我的工资你的工资加起来，先供你上大学的儿子，剩下的吃饭，哪有那么多存钱？

何文学说，能不能，能不能……

孙爱彩说，能不能问老大老三老四借是不是？你还有脸说。要借你自己去，看你那张脸值几个钱。

何文学叹了口气，不给就算了，别说那么多。

孙爱彩说，那就算了。

何文学说，我白张了一回口。

孙爱彩说，那就别张口。

何文学有点火了，说，士可杀不可辱。

孙爱彩说，你也不是士。

何文学往外走，雄赳赳地迈着诗人的步伐。

孙爱彩在后面冷笑，何文学转身时，她的泪水流了下来。

何文学一摔门，把孙爱彩的冷笑和泪水都关在屋里。

世界需要一道门，把丑恶关住，把美丽打开。何文学禁不住为自己迸发出来的诗句振奋起来。振奋起来的何文学马上想到了一个人，更准确地说他想到了一道美丽的风景。

五

何文学想到的是白雪。

白雪是老大孙敬财的情人，白得像奶浇铸成的，像雪塑造出来的，曾让何文学为之失魂落魄。

　　白雪大学毕业后就到了何文学手下工作。但是，她不像何文学过去的年轻女部下那样对才华横溢的他非常崇拜，听他讲诗时全神贯注，目不转睛，脸上荡漾着春光。白雪崇拜的是水山县商界一些成功人士，比如老四孙宏财就是她特崇拜的对象。

　　有一次，白雪在何文学面前说，何主席，你真了不起！

　　何文学得意洋洋，是吗，你也这样认为？

　　白雪说，咱水山县首富孙宏财是你小姨子。你是水山大户孙家的女婿，了不起。

　　气得何文学直摇头。

　　又过几天，白雪要请何文学吃饭，何文学以为白雪慢慢地对自己有了好感，爽快地答应了。没想到白雪接着说出第二句话，让他气得差点骂娘。

　　白雪说你先联系一下孙宏财孙总，看她哪天有时间，肯赏个面子。

　　何文学为了办水山诗歌节，带着白雪找老大孙敬财搞公关拉赞助，白得像奶一样的白雪被老大孙敬财用农夫一样的黑手抓住了，用窑夫一样的黑脸贴上了，用屠夫一样的黑心玷污了，用大便一样的黑钱买下了。

　　何文学懊恼、后悔、痛苦，同时也不理解白雪。有一次他请白雪吃饭，直截了当地问她，钱和诗相比，你觉得哪个高贵？

　　白雪问，一定要我回答吗？

　　何文学点点头。

　　白雪又问，说真心话？

　　何文学有点晕。

白雪说，那我就说心里话，是钱，钱比诗高贵。她说这话时面不改色心不跳，而且理直气壮。

何文学喝到嘴里的一口水全都喷了出来，喷到白雪雪白的上衣上。何文学赶忙摸起桌上的抹布去擦，在白雪雪白的上衣上留下了几道黑不溜秋的印痕。白雪皱了皱眉头。何文学鬼使神差地摸了摸白雪隆起的胸。就在他感到惊魂未定时，白雪突然咯咯笑了，何主席，你这也算高尚的行为啊？……

从那以后，何文学对白雪总有一种犯罪感。白雪反倒无所谓，见了他仿佛什么事也没发生过，依然恭恭敬敬地称他何主席。后来，白雪不上班了，有一次他遇到白雪时，正为办诗歌节的经费无处落实犯愁，脱口而出地说了一句，别叫我何主席，干脆叫穷主席吧，跟个叫花子一样找这个要钱那个要钱。

第二天，白雪给他打电话，说帮他从银行找了两万元钱赞助。他不想让白雪怜悯，更不想用白雪利用老大孙敬财弄来的钱，就说这事我不管。

白雪说你不管不行。

他说我说不管就不管。接着就挂断了电话。

又过了一段时间，他和白雪在一个地方遇上了。白雪开门见山，说你是水山县的诗协主席，诗歌节的事怎么说不管就不管了？

何文学说我没说不管，我把这项工作看得比我生命还重要。

白雪生气了，那天给你打电话，你明明说不管嘛。

何文学这才想起白雪不是本地人，对本地一些方言还没吃透。他说的不管，就是不行的意思。我怎么能让你帮着从银行拉赞助，当然不行。

白雪明白了是方言惹的祸，哈哈大笑，何主席，以后再有什么事情，千万不要给我客气。

此刻的何文学想到了白雪。其实，他一直在想着白雪，只不过他想着的是那个不爱钱而爱诗的白雪，但现实中的白雪偏偏只爱钱不爱诗。有一年五四青年节搞诗会，他用了两个晚上写了一首诗，名字叫《美丽》。那首诗是专门为白雪量身定做的，他也指名让白雪朗诵。他觉得白雪朗诵他的诗，一定会非常动听。白雪朗诵完他那首诗，也一定会感动，说不定会抛开孙敬财的金钱，投身他的怀抱，不，是诗的怀抱。可是，白雪朗诵那首诗时，竟然断断续续，结结巴巴。他最得意的诗中的两句：你白色的身影飘过马兰河边，我的生命于是就有了风向标……被白雪读成了：你白色的身影飘，过马兰河边是我……气得他从此见了白雪远远躲开。你爱你的钱去吧，我何文学不仅是诗人，还是个英雄汉！

一分钱难倒英雄汉。到了今天，他认为自己再次想起白雪是必然的。他何文学需要钱，而白雪有钱。

白雪住在老四孙宏财开发的别墅里，何文学一进白雪的别墅，立刻就觉得自己瘪了。

白雪并没有反感他的到来，问，需要钱？

何文学真诚地说，需要钱。

白雪问，怎么不回家要去？

何文学说，回家要了。

白雪说，没要着？

何文学说，没要着。

白雪说，呵呵。声音如银铃一样。

何文学说，嘿嘿。声音如破锅一样。

白雪转身，拉抽屉。接着"啪"，一万块钱拍在他手里。

就这些？何文学问。

白雪说你爱要不要，就这些。

可是……何文学嘴唇颤抖。此刻，白雪的手立在他嘴前，白里透粉，香气缭绕，体香。他有些蠢蠢欲动。

白雪却转过头，慢走，诗人。

何文学走了，走得很快。背后的门慢慢关上。何文学回头看了一眼，世界不需要门，那样所有的秘密就不是秘密，我的灵魂就可以自由行走。

现在何文学需要的是钱，白雪的钱加上他朋友的钱，一万五，三万六千块钱还差两万一。他每个月两千多块钱工资，老婆孙爱彩有言在先，你不抽烟不喝酒也不用应酬，只能留一点零花钱。儿子高考没考好，花钱去澳大利亚买个大学上，每年的开销不是个小数目。孙家只有孙爱彩缺钱，其他人都不缺钱。

这让何文学常常愤愤不平，孙家儿女辈，连一个大学生都没出，可是却富可敌县，他何文学一肚子诗书，却经常身无分文。眼下的世道，权能变成财富，财富能变成更大的财富，诗书简直就是废纸！

身无分文的何文学还是要继续凑钱。他硬着头皮找了老三。老三先是奚落后是哭穷，最后掏出一千块钱。何文学你知道我们老孙家老爷子方向把握得好，规矩严，谁都不敢在钱上动邪念。我这就一千元，你别嫌少！

何文学当然嫌少，但还是脸都不红地接了。出了老三的门，他突然感到，自己一直是孙家中的外人，孙家的人连句真话也不给他说。什么他妈的方向、规矩，水山谁不知你们孙家财大气粗。

能借的都借了。白雪的钱就等于老大孙敬财的钱，老三虽说借了一千，但也借了，还有就是老四孙宏财。何文学不敢去找老四，老四眼皮都不夹他。他知道老四私下称他咣当，也知道咣当用到人身上是贬义。诗人虽不把脸皮当回事，但尊严是不容侵犯的。老四要剥夺的，恰恰是何文学的尊严。

何文学走后，老三紧跟着就出了门，他要去见老爷子。

老爷子这些天心情不好，精神大不如前。老三先给老爷子沏了茶，然后告诉他，我给了何文学一千块钱。

老爷子说，哦。他没钱了？这个没出息的。

老三说，帮他凑份子，法院判下来了，让他赔赵家三万六。

老爷子冷笑，赵家是穷疯了。话虽这么说，但老爷子算是舒了一口气。何文学输了官司，那是何文学自己的事，与孙家无关。赵家得了钱，也就没什么好说的了。或许这是个最好的结局。

孙老爷子以为的那个结局，其实只是个开端。这些天水山县的网站——水山在线上的帖子不仅没有减少，反而越来越多，矛头直指孙家的几个儿女。指向老大孙敬财的帖子，说他包养情妇，受贿，违规发放贷款让老四牟利；指向老三孙得财的帖子，说他是财政所的仓鼠，挪用公款办公司，同时也有行贿受贿行为；指向老四孙宏财的，说她垄断水山县城的房地产市场，以黑社会手段打击竞争者，以行贿手段孙家的院门是朝南的，在众多的门朝东的人家中，显得有点别扭，也显得更加僻静。

套取土地资源，推高房价，榨取水山县百姓的血汗钱。孙家四个儿女中，唯一没有被骂的是老二孙爱彩。开始也有两个骂老二的帖子，说她把上级支农的钱挪用给老四，在老四的公司参股，可是帖子一出来，很快就有反对的帖子，称孙股长对农民的感情最深最好，说孙爱彩管的农财股年年接受审计年年先进……

这些孙老爷子看不到，遥遥看到了。平时遥遥会把网上的新闻说给孙老爷子听，但这些她不敢说。遥遥不敢跟老爷子说，老爷子的四个儿女也不敢给老爷子说。老爷子以为事情已经过去。没想到，接下来事情从网上到了现实中。连续两天，孙家的大门被人涂了屎。

孙家的院门是朝南的，在众多的门朝东的人家中，显得有点别扭，也显得更加僻静。遥遥早上打开院门时，对着门上的污物辨认了一会儿，突然"哇呀"一声大叫，跑回了堂屋。听完了遥遥的叙述，孙老爷子并没有去看，而是从藤椅上站起来，满屋子溜达，仿佛院门上的污物已经进了屋。

遥遥接上水管子冲洗大门。门是朝里面开的，大门上冲下来的黄汤子满院肆意横流。遥遥一边冲一边骂，遭天杀的，没屁眼的。孙老爷子喊了一声遥遥，遥遥就不骂了。遥遥懂得，家丑不外扬，屎不扬不臭。可是这种事瞒得了谁呢？

涂屎事件第二天又重演了一遍。这一次遥遥不说老爷子也知道了，从院门上冲下来的黄汤子又一次让孙家成了露天厕所。要命的是邻居们也知道了，左院的赵家，后院的韩家，还有很多人家都从楼顶上往孙家院里张望，住得更远的，就假装路过，跑到孙家院墙外面闻臭味。臭味证实了一切也宣扬了一切。孙家平时走得高，邻居们见了目不斜视的孙家人只能上赶着点头打哈哈，遇到这种事，善一些的邻居只能装作没看见，恶一些的就递话引话。赵家因为前头和孙家的过节，怕沾上嫌疑，连大门都不开。

邻居们不说，并不表明不传。县城不大，放个屁也立刻会家喻户晓。孙家在水山县是名门，名门家的屁当然具有迫击炮的力度，孙家大门连续两天被人涂屎的事情很快就传开了。老大孙敬财，老二孙爱彩，老三孙得财，老四孙宏财几乎是全县城最后知道的。

孙家的四个儿女在家里聚齐了。以前孙家人聚在一起时说的都是好事，谈笑间就拨动了水山县的算盘珠子。这次完全不同了，孙家成了别人拨弄的算盘珠子。

最急眼的是老四，浑身被红衣裹着的肉乱颤：要是让我查出来是谁干的，非弄死他不可。老四有急眼的本钱，手上养着几十号拆房子的保安，水山县人管老四的保安队叫"绝户队"。问题是老四并不知道要弄死谁，孙家在明处，跟孙家作对的人在暗处，孙家以外的人个个都有嫌疑。

老四的态度老三赞成，老大和老二反对。孙老爷子没有说话，自从赵老头子死后，孙家先是不明不白地成了晒在河滩上的鱼，又不明不白地成了众矢之的，再不明不白地成了众人嘲笑玩弄的对象，孙老爷子的气就一寸一寸地短下去，短到了心口窝里。老爷子想把气提起来，可是怎么提都提不到嗓子眼。

孙老爷子并不指望四个儿女能拿出行之有效的主意，这个时候作出任何反应都是徒劳，都是越抹越黑，都是当小丑演戏给人家看。老爷子能想到的最好的办法是以不变应万变，孙家这个主角不出场，这出戏就演不了多久，等人们疲了，腻了，觉得没味了，注意的方向就转移了。老爷子依然想着方向。

孙老爷子的意思首先得到了老大老二的认同，老三不情愿，但也拿不出更好的办法。老四还是想弄死人，老大吼了她一声，老四不吭声了。老大吼老四的时候声音不大，却像藏獒一般，令人生畏。

老大知道，孙家这次是遇到了一个坎，这个坎不高，但有可能把孙家绊一个跟头。他庆幸这次事情不是针对孙家的某一个人，不是要从他们某个人身上搞出什么名堂，而是要搞臭孙家。搞臭和搞垮不是一回事，搞臭的动力是来自下面的，而搞垮的动力则是来自上面的。来自下面的动力给孙家造成的是一次危机，而来自上面的动力则是一种摧毁性的危险。

这些年孙家就像住在没有房顶的房子里，风和日丽的时候还行，一旦天气骤变，就没有办法遮风避雨。孙家需要一个房顶，孙家的房顶显然不是老大这个年已半百的农行行长，而是更高级别的行政官员。这是孙家的短板，孙家无法在短期内让这块短板变长。老大再往上已经没有空间了，老四是个商人，不属于行政序列。属于行政序列的老二老三现在的行政级别只是个副局级，连名正言顺的副局长都不是，就算是，再往上的路也还是遥遥无期。老大甚至无法想象，猴子似的老三当副县长是多么滑稽。老二四平八稳，但毕竟是个女同志，这回当上副局长，过几年当局长，最后再努把力可以进县人大或政协弄个副职，副职就是副县级。

孙家的儿女好像这一辈注定是出不了一个县级干部的。也就是说，没有一只遮天大手罩着，孙家只能住在没有房顶的房子里，听任风吹雨打。这让老大产生了隐隐的恐惧。人要是知道自己这一辈子能做什么不能做什么是一种悲哀，因为它使人感到前途无望。老大现在就深深地陷在这种悲哀里。

要是往前倒二十年，甚至十年，孙家的老二还是有可能往上走的。老二的沉稳、成熟大方是适合在官场上往上走的。这一点老三没法比，老三从小到大整个就是只猴子，两只眼睛又贼又亮，满脸乱转，缺少做官应有的气场。但老二毁在了何文学手里，半疯的何文学让老二整天灰头土脸的，也让老二没了做官的心情。何文学要不是个半疯，凭着他那张名牌大学的文凭，闭着眼睛都混到副县了。那张文凭的最大价值是换了个清水衙门文联副主席，怎么看都不值。

这些，老大没法跟老爷子说。老爷子不喜欢后悔，孙家的老宅子主财不主官。老爷子只希望儿女们紧紧地守着自己的钱财，守着水山县的钱财，守着孙家的一团热乎气。可是现在孙家的热乎气守不住了，老爷子的气已经短了，眼睛明显灰暗下去，神态也渐渐涣散了。

老三说，爸，咱家这样不行呀。

老爷子抬眼看看他，老三知道，老爷子是示意他可以说下去。老三接着说，自从河边这些家改了房子朝向，咱家就觉得憋屈，您说是不是？爸。

老爷子不说话，只是看着他，老三就接着说，是不是他们改了朝向，风水就转了？

老爷子还是不说话。老大老二老四也不说话。大家的眼睛都盯着老三。老三知道他们愿意听自己说，就来了劲，他走到门口，指着院子说，马克思说过，万事万物都在变，唯一不变的就是变，你们看，他们都变了，把咱的风水占了。这几家的房子都跑到咱家的右边去了，左青龙，右白虎，白虎大了，青龙就只剩下了马兰河，镇不住。是不是？大哥。

老大这时也有些心动了，说我听爸的。老大不关心家里老房子的事，他自己住在农行二百八十平米的行长楼里，加上给白雪住的三百多平米的别墅，他两个家共有近六百平米，老房子再大再好他都不会来住。只是老三提到风水，他心里动了一下。果然会是风水惹的祸吗？他想起农行前几年也常出事，今天这个营业所主任因为挪用公款被捕，明天那个会计因为贪污进了牢房，后来请风水大师看，大师拿到十万元钱后，说农行屋顶要放一个大镜子。这个大镜子放了两年，果然农行再没出事。所以，老大决定不再坚持。但是，他可以不坚持，却不愿替老爷子当家。

老二斜着眼睛看着老三，她知道老三绕来绕去还是想绕那个副局。

老四信风水，她家里、办公室里都供着财神，自己住的那套独栋别墅也是请风水先生看过的。老四说，爸，三哥说得有道理，我看咱家盖新房，大门的方向也得动一动。

老爷子眼皮塌下来，看着自己的脚尖。他和老三想得不一样。老爷子掌着孙家的舵，要的是孙家根深叶茂平安有序。不过有一点他和老三是相同的，那就是老房子该动一动了。盖个新房子，可以让四个儿女把心思集中起来，不再为那些乱七八糟的事情分心，尤其是老四，不会做出什么不该做的事情。也可以通过把房子拆成一片废墟，把舆论关注的热度渐渐平息掉。

想好了这些，孙老爷子对老三和老四说，你们先请人看看吧。

老三得了令，噌就跳到了椅子上，爸，您就放心吧。

老爷子伸手止住他：先把房子拆掉，要快不要慢。

老大说，拆了您住哪？

老四说还用问吗，我那有的是房子。

老爷子又伸出手止住，我去兴财那住几天。

老大说，那行。我现在就跟兴财说。兴财是老大的儿子，也是老爷子的长孙，老爷子拿他当掌上明珠，爷孙俩的关系令任何一个儿女辈的羡慕和妒忌。

孙兴财大学毕业后，老大找关系把他安排进省财政厅。可是他天生爱做生意，在财政厅只干了两年就辞职搞了个投资公司，房子大得能翻跟头。老爷子愿意去省城，说明他心情没有坏到不堪的程度。老爷子的心情好了，儿女们自然就好多了。

老三心情一好，话就多起来：要我说，多大个事呀，用不着垂头丧气的，蚂蚁再多，也架不住一泡尿滋。

六

孙家开会的时候，何文学已经到了省城。

何文学到省城的目的很明确：搞钱。

在孙家，孙兴财算是能和何文学搭话的。孙兴财愿意和何文学搭话，是因为何文学是个另类。当然，孙兴财不是另类，但孙兴财年轻，上大学时的那点癫狂劲还没耗尽，所以跟何文学就有话可说。何文学本想将孙兴财引为知己，但孙兴财顽强地继承了孙家的基因，理智得像块橡胶，看着软软的，咬却咬不动。

何文学不会绕弯子，跟孙兴财说了赵老爷子的死和法院的调解结论后，直截了当地就跟他借钱。孙兴财是他妻侄，跟他借钱要能够拉得下脸。

孙兴财问，你怎么知道我会借给你？

何文学说，因为这是一个高尚的需要。

孙兴财笑了，那么我要是不借，是不是就不高尚了？

何文学说，可以这么理解。

孙兴财说，既然这样你为什么不找我二姑要钱？

何文学说，你明知故问。

这么说，就该我为你的高尚埋单了？孙兴财说。

不是埋单，是借，我有钱会还你的。何文学说。

孙兴财差点笑喷了，我的姑父哎，就你，什么时候有过钱啊！

何文学说，我的诗集快要出了，出了我就可以还你一部分。

孙兴财这次是真的笑喷了：你的诗集？我的老天呀，你不是自费出的吗？我还赞助了一万元您老人家都忘了？

何文学的嘴秃噜了，是呀，是的，我卖废纸总行吧？何文学不怎么脸红，可这次确实是脸红了。何文学脸一红，嘴上就不诗意了：他妈的，斯文扫地这年头。

见何文学脸红了，孙兴财就不再跟他打岔了，忙说，你没斯文扫地，这年头你这样的人不多了。说吧，需要多少，活该我为理想埋单。

何文学想了想说，三万。何文学手上有穷光蛋诗人朋友们凑的五千元，白雪的一万元，老三施舍的一千，实际上是差两万。但他决定把白雪的一万元还给她。她的钱还不都是老大的钱，不干净！我可不沾你们的脏气。

孙兴财打开保险柜，拿出三万。何文学说不用，两万就够了，多了我也给糟蹋了。说着写了借条。何文学字写得很男人，端庄硬朗中透着些飘逸。孙兴财盯着借条看了半天，说这一手好字越来越少见了，再过些年，我拿三万你老人家可能不卖给我了。

何文学立马张狂起来：那是！好诗好字走天下，天下何处不男儿！他说完，把孙兴财给的三万全揣到兜里。

看着何文学远去的背影，孙兴财隐隐地有些酸楚和羡慕，他不知道自己活到何文学这个年龄时会是个什么操行，但他清楚至少活不到何文学这个份儿上，不会像何文学那么穷困，也不会那么轻松，更不会那么没心没肺，那么半人半仙。

何文学刚走，孙兴财就接到了父亲孙敬财的电话，说是爷爷要过来住些天。

第二天老三孙得财就开车把孙老爷子给送过来了。

孙兴财刚喊了一声爷爷，孙老爷子就说，孙子，背爷爷上楼。

孙兴财说，爷爷，您没糊涂吧？十六楼啊，您想杀了我？

孙老爷子说，傻孙子，不是有电梯吗？

孙兴财背着爷爷去上电梯。正是准备吃午饭的时间，一层的大堂里人很多。孙兴财公司的职员见了，问，孙总，您这是背谁呀？

我爷爷。孙兴财说。那我们帮您背吧。职员们说。不用不用，你们背，我又该挨骂了。孙兴财说。

上了电梯，孙老爷子说，怎么样孙子？给他们做个榜样，背爷爷不吃亏吧？

公路边满眼的绿树和无边的田野，在何文学眼里充满了盎然的生机和诗意，在老三眼里，充其量就是值多少钱。

孙兴财说，您要是年轻，准是个作秀高手，我服了。

老爷子很开心，完全不像孙兴财的父亲孙敬财说的那样心情不好。这就是孙老爷子，心里有事自己兜着，不会传染给儿女，更不会传染给孙子。早年孙家穷的时候，孙家的儿女只需按老爷子的指令出力，而不用累心，孙家在马兰河边能够脱颖而出，最大的功劳应该归孙老爷子。

中午吃饭的时候，孙兴财想起了何文学，何文学今天要回水山县，正好搭三叔的车。

何文学在电话里说，下午他还要去出版社谈谈诗集发行的事，回不去，让老三先走。

老三松了一口气，他根本就不想拉那个一瓶子不满半瓶子咣当的何文学。何文学也根本就不想搭老三的车，老三猴子一样，跟他说话就别想对上频道，比如，公路边满眼的绿树和无边的田野，在何文学眼里充满了盎然的生机和诗意，在老三眼里，充其量就是值多少钱。要是老三当镇长，见种大烟比种庄稼挣钱多，说不定强迫农民毁了粮食种大烟。何文学不愿和老三这种人打交道，宁愿自己挤公共汽车回去。

第二天，老四派来了被人称为"绝户队"的几十号保安，保安们绝对是训练有素，一上午就把老屋里的家什物件全拉到她楼下的空房子里，光是透明胶带就用了两大箱子。下午是拆房，这也是保安们的拿手好戏，他们在水山县城拆的房不计其数。到了晚上，孙家几十年的老宅就夷为平地了。

老三打电话给老爷子报信，说按您的吩咐，老房子已经拆完了，明天我就安排人清理。老爷子说好，够快。老三说清理完了地基怎么下呀爸？我想下五层的地基，盖四层。

电话那边的老爷子说，哦。

老三说，每层六间，四层显得大气。

老爷子又说，哦。

老三说，爸您困了吧？明天我就请人看看风水，看完了我再给您打电话。

老爷子在电话里打了个哈欠。

水山县看阳宅风水的第一高手当属水利局局长老陈。陈局长已经56岁，看不见副县级的曙光了，所以开始研究风水。他的研究可以用突飞猛进来形容。不过，身怀绝技的陈局长轻易不使，一般人根本请不动。这是符合事物规律的，谁都能请得动的，一定就不是高手了。一般人请不动的陈局长，孙家请得动，老大孙敬财一个电话，老陈就屁颠屁颠地到了孙家的废墟上。老陈的老婆和小舅子都傍着农行做生意，用着老大的上百万块钱呢。

阳宅风水重要的是宏观上的把握。书上说的都是微观的方法，也就是战术，这些，看过几本风水学读物的都明白，可宏观上就分出高低了。比如用罗盘定位，有的风水先生是把客厅作为罗盘的中心位置，有的则放在厨房，有的呢就放在院子的中央，还有的就是把房子和院子作为一个整体，罗盘取中。这里面许多人是以讹传讹或者自以为是，但陈局不，陈局在水山县做到局长，自然非等闲之辈，懂得以发展的眼光看宅基，以辩证的方法看问题。眼下，人们已经解决了温饱问题，有口饭吃不再是重中之重，所以罗盘放在厨房取位显然已经不能与时俱进。在陈局看来，重要的是主家的诉求，看人家最想要的是什么。

老三绕了半天，才让陈局猜出他的心思，老三的诉求一是要让女儿几年后考上令人羡慕的大学，二是自己能在官场有所进步。对于孙家老三和老二两人想提副局长，陈局早有耳闻，想想老三是男丁，孙家的次枝，当个副局是孙家的，老二要是当了副局那是替何文学何家争光了。

陈局把房子和院子作为一个整体，在中心点的位置放好了罗盘，分别向南和向东取了两个向。南向由于被前院的院墙和房子挡着，只能看老三数码相机里原先在楼顶拍的照片，照片上，马兰河从左侧流向前方，横着流了一段后，又折向左前方的东南方向。陈局"嘶嘶"地吸了好几口气，说，沙水有形，沙水有情，形情相迫，情形俱备，上上好的朝向，孙家的财气到了孙子辈还得大长呀。

在向东的朝向上，由于没有院墙阻挡，马兰河一览无余。陈局"嗨"了一声，说，朝向上好，宜文宜官，平安富贵，只是财气不如南向，老三呀，你们主家定夺吧。

老三大喜，喜得抓耳挠腮。

陈局有应酬，不吃饭。老三赶紧奉上四条软中华，四瓶茅台。四四如意。陈局立起手掌止住：老三，我能看宅子的，就不能拿礼；能拿礼的，我也不会去看，都在一个市面上走着，心里有就行了。

老三坚持。陈局从老三烟盒里掏出一支烟，抽上，又打开一瓶茅台，对着嘴喝了一口。说，老三，烟我也抽了，酒我也喝了，日后富贵了，别忘了哥哥。然后上车走了。

老三对着陈局的车屁股，嘴唇乱哆嗦，磕头的心都有了。好大会儿才头也不回冲着身后叫，遥遥，遥遥！

老宅子拆了，院子里搭了个工棚。遥遥从工棚里跑出来，见三姑夫满面春风，也跟着高兴，啥事，三姑夫？老三冷不丁抱着遥遥亲了一口，成了，成了，我的小宝贝。

七

老三孙得财下午画了两张图。一张南向的，用文字标上主财，财气很冲，所向披靡，但没人罩着，财气会跑。老三知道老爷子喜财，但不喜欢太冲，事有十而取之七，太冲了则会舍弃。另一张是东向的，标上宜官宜文，富贵平安，看似平和，实则大吉。老三的图画得很好，字写得很差，好端端的图，加上他的字就像西服上打了个烂补丁。

画好图，老三先给老大打了个电话，算是告知。老爷子不在家，老大就是家主，老三把老爷子看成是家里的董事长，老大呢就是总经理，自己算是个执行副总吧。总经理对家里翻盖老房子的事不感兴趣，其实不是不感兴趣，是不敢感兴趣。这种大事，没有老爷子点头，他这个临时家主的话顶个屁？所以，执行副总老三只需搞定董事长就行了，给总经理老大打个招呼不过是招呼，或者说叫通报。

第二天老三去了省城。

老爷子在老三和孙兴财的搀扶下站起身，对着两张图看了半天，慢慢腾腾地说，字真烂。

老三嘿嘿地笑，说，字要是写得有您好就当县长了。

孙兴财说我二姑夫的字写得好，诗也写得好，县长的毛也没沾上。

老爷子看看老三，对孙兴财说，你三叔是说他本事大？

老三知道说秃噜了，连忙说，嗨，嘴上过过瘾呗，当了省长不也是您教导得好嘛！

老爷子回到沙发上坐下，回到正题上，说，咱们孙家，打上一辈房子就是朝南的，也没什么不好呀。你说的赵家韩家克咱孙家风水的事，我琢磨着没那么吓人。

老三知道老爷子这是套他的话，赶紧说，咱们孙家用了二十多年完成了第一步腾飞，现在要来第二步。第二步是什么？是富贵，平安。您想想，老大，我，谁也不缺钱，老四就更不用说了。我二姐喊着没钱，也就喊。我觉得咱孙家现在需要转型，往富贵上转，往平安上转。您说呢，爸？

老爷子明白，老三说得有道理，但他并不相信这仅仅是改了房子的朝向就能够实现的。况且老三葫芦里卖的什么药他也清楚，他更清楚的是老三鸡贼，身上没有官品。

老三见老爷子不说话，就自说自话：有个大师说了，咱家前些天出的恶心事，都和风水有关。大师说，官财官财，自古就是联系在一起的。我听说赵老头子家，不光何文学赔了三万六，水山的老板和百姓的捐款比这多十倍，几十万。

老爷子有点不悦，韩家也捐款了吧？

老三没正面回答，大师说了，孙家得托举起个官，最起码副县级。

当了县长也备不住让人掘祖坟。老爷子脱口而出。这些天的事，让老爷子心里一直窝着火，他孙守田一生风调雨顺，到头来大门上给人抹了屎。这是个天大的耻辱。这个耻辱是谁招来的？四个儿女个个都有份儿。他拆房子，就是要拆掉晦气。但是，他轻易不愿改大门的方向。

　　见老爷子动了火，老三赶紧赔笑。说，那是那是，事在人为，皇上身上还有仨御虱子呢，谁还没点缺点呀。

　　老三没别的本事，也没别的办法，只能横下心来跟家里折腾。女儿能不能考上大学，考上什么样的大学，关系到日后的前程，老三一点都帮不上忙。财政局副局长的位子，从眼下情况看，只有他和老二两人够杠杠。现在不是过去，过去用老四说的法子，拿钱砸，碰上个贪官可能会起作用。而现在用干部，不是哪一个人说了算，要竞聘、推荐、考察、公示……如果他要争这个位子，第一条也就是当务之急是按大师说的改变大门朝向。老爷子迟迟不表态，不表态就说明老爷子心里有老二，这对老三十分不利。要是换了别人，老三就是赤膊上阵也要争个你死我活，但跟老二不行。不跟老二争，并不是碍着一奶同胞的情分，而是争的结果只能使老爷子更加倾向于老二。况且老大的态度也很暧昧，老三猜得出老大的意思，老大不表态也是心里倾向于老二。老三确实有点像热锅上的蚂蚁了。

　　对于和老二争副局长，老三经常生出既生瑜何生亮的感慨，他甚至后悔当初参加工作时不该进财政口，虽然财政口的工作给他带来了意想不到的财富。老三的官是镇财政所的所长，工资不高，收入却不低。老婆是镇信用社主任，工资比他高一倍，收入多少他就不知道了。对于工资，老三从来就不在乎。他开着一家石料场，原先水山县城的石料场有三家，两家开在城北两公里的水山山南坡，也就是朝着县城的一面。后来省里整顿环境，山南坡被切开的山体像两块难看的疮疤，就给关了。县环保局在被切开的山体上涂了绿漆，光油漆就用了十几卡车。老三的石料场在北坡，县城看不见，就给留了下来。从此老三的财源就成了马兰河水，源源不断。往远了说，京沪高铁，南水北调，都用过老三的石子，往近了说，县城的每一项体面工程，都是老三从山北坡给搬过去的。不说别的，光老四的楼盘用量就很可观。虽说山北坡被老三给截了肢开了膛，但那是在山的背面，能看见山背面的，都是些种地的农民。

老三的石料场能保留，还得感谢老爷子和老大孙敬财。当初选址时，老三看上的是山的南坡。南坡离县城近，路也好走，运费能省一多半，但老爷子不同意，老爷子的理由就两个字：方向。老大理解老爷子的思想比较准确，对他说咱爸是说你选的那地扎眼。省里检查时，老大又带着老三一家一家地跑，从省里的环保局，到市里县里的环保局、林管局、公安局、工商局、人大、政协，到分管县长、书记……

事实证明，老爷子看方向不说十拿九稳，也命中率高，基本上算是神枪手吧。老三在老爷子的指导下，在老大的呵护下，顺风顺水走到今天，第一次遇到了难以逾越的坎，设置这个坎的正是一直呵护他帮助他的老爷子和大哥。现在的老三，就像被困在一个狭小的玻璃缸内，有劲都使不出，除非他把这个玻璃缸打碎。而打碎了这个玻璃缸，伤到的不光是家人，更是他自己。他现在唯一能使劲的就是改变老房子的朝向，管它有用没用。改造老房子成了老三救命的稻草。猴子不上架，多敲两遍锣。

孙兴财叫来了外卖，粉蒸肉，海参，清炒五子椒，都是老爷子爱吃的。老三打开一瓶老大捎来的白酒，对兴财说，三叔今天不走了，陪你们一老一小喝点。

你大哥看了吗？老爷子问。

老三说他是第一个看的。不过，大哥的脾气您知道，家里的大事您不表态他不表态。

孙兴财拿起电话就给老大拨，我问问我老爸，怎么说他是个皇长子，得有自己的主意。电话拨通了，嘟嘟嘟响了半天没人接。

此时，老大孙敬财正在家里跟市农行的李行长喝茶。

市农行的李行长不是老爷子资助了一斗麦子的老李行长，而是老李行长的儿子。老李行长前些年去世了，儿子子承父业，也当上了行长。老李行长去世时，老大孙敬财披麻戴孝，行了义子之礼。小李行长上任前管老大叫哥，上任后还是叫哥。两家的关系，老李行长在世时就规定了，砍不断，打不烂。

李行长坐下后，老大就沏普洱。老大的粗手沏茶时一点都不笨，暖壶、洗茶、温杯，精准而利索。

李行长喝了一口普洱，说，好茶呀大哥。如今的领导，真正会喝茶的，喝的是个人的喜好，不会喝茶的，喝的是路数，比如普洱，比如铁观音。

老大也喝了一口，说，我喝着都一样，嘴拙。

李行长说，你嘴拙，心里透亮。

老大说，拐着弯骂我是吧？

李行长说，不说茶，说事了。哥，你屁股上有屎吗？

老大想了想，说，有。

擦得净吗？李行长问。

擦得净，就是多费些手纸。老大说。

李行长说，那就擦干净了，别管费多少手纸。

老大问，怎么突然就说这个？有什么风声吗？

李行长说，这还用问吗？没风我吃饱了撑的？

老大说，那你就跟我说这风是个嗝，还是个屁。嗝是上面的风，就是上头压下来的，屁则反之。

李行长说，眼下还是个屁。

老大松了一口气，哦。

李行长说，给你一个月，到时候我要过过堂子。过堂子就是按程序查。老大懂。

老大说，行，到时候你过，哥这里，只添彩，不抹黑。

李行长把紫砂茶杯伸过来，跟老大碰了一下，一饮而尽。哥，你们孙家真得找个大师给看看。

老大叹了口气，指了指天。李行长明白老大的意思是说老爷子当家。于是笑了笑，做做工作呗！

李行长走后，老大把自己关在屋里。对这个比自己年轻几岁，管自己叫哥的上级行行长，老大是心存敬畏的，人家是官宦世家，行事做派体面而且滴水不漏，有官品而又平易近人，有原则却又讲究情分，这些都不是轻易可以修炼得到的。

老大屁股上确实有屎。这些屎要想擦干净，确实要费些工夫。比如贷款，老四的房地产项目，资金需求量大，用的是光明正大的贷款，只是贷款有不小的一部分不对口，也就是说，老大挪用了对口的贷款指标。这些不是大问题，贷款安全，农行没有坏账损失，也牵扯不到贪腐，老四的钱就是老大的钱，只是个在谁名下的区别。老四确实给了老大股份，但这个股份不体现在老四的账上，而是攥在老大手里的一份股权证明，这张股权证明就锁在白雪住的别墅的保险箱里。任是谁查，老四也不会把老大给卖了。至于老四是不是偷税，那是另一码事，有她当地税局局长的老公兜着。

老三当初开石料场用的贷款，早就还清了。老三当了多年的财政所所长，不是弄不到钱，而是把钱给了老大的儿子兴财。孙兴财在省城开投资公司，用的不是农行贷款，而是老三在财政所违法挪用的资金。所以在账面上账理上，谁也不能说老大对儿子网开一面以贷谋私。老大给了老三贷款，老三又给了兴财，这个圈子一转，谁都说不出啥。老大在老三的石料场也有股份，股份也不体现在老三的账上，也是锁在白雪住的别墅的保险箱里。

至于人情贷款，这些年不是个小数目，但每一笔都是信贷股和下面的营业所办的，老大不经手，单据上也没有孙敬财三个字。

除了贷款外，逢年过节，老大也收礼。老大收礼，一不收花子，二不收条子。花子就是钱，条子就是金银珠宝。老大收的礼，都是些烟酒茶叶公鸡鲤鱼工艺品之类。不光收礼，老大也还礼，张家送公鸡时，老大就把李家送的香烟转给他，李家送香烟，老大一定让他捎上王家送来的鲤鱼。农行的职工给老大送礼，大大方方地提着来，又高高兴兴地拎着回去，与其说是送礼，不如说是换礼，摊上个好行长，人人都没有负担。老大家里，一年下来，礼来礼往热热闹闹，屋里却空荡荡的，活像个礼品中转站，老大就是中转站的调度。这一点，也经得住查。

怕查的也有，还不少，但没人查得出来。比如为了老三的石料场，老大带着老三从省里送到市里，又从市里送到县里，一编织口袋的百元钞票都送光了。亏着多数人不收，不然再添两个编织口袋也不够。但送礼的不说，收礼的就更不会说。

将完这些事，老大平静多了。他甚至都有点佩服自己，当了这么多年的农行行长，居然没留下一根能让人抓住的尾巴，还把工作做得风生水起。往大了说，算是为人清廉，往小了说，也算是大智若愚。

心情放松了，突然想喝点茶。老大不喜欢喝普洱，总觉得有一股子发馊的米汤子味，就沏了一杯炒青。茶虽粗，但利口，杀油。

老大就是这个时候想起的白雪。

想起白雪，老大突然一激灵，直直地坐在椅子上。白雪是老大最大也是最引人注目的尾巴。

平时想起白雪，老大总有一种暖暖的、柔柔的、甜甜的感觉。老大的一身黑肉和白雪奶一样的身子在一起时，老大就觉得自己年轻了二十岁。可是现在想起来，那种暖暖的柔柔的甜甜的感觉变成了屁股底下的针毡，这针毡扎得老大一刻都坐不住。

老大的老婆从去年开始闹更年期，不光不让老大近她的身，还死心塌地吃斋念佛，黑着脸谁都不理，整个超然世外了。要不是有了白雪，老大能憋屈死。对于白雪，老大的老婆一点都不吃醋，甚至心怀感激，白雪就是菩萨派来救她于水深火热的舍身赴难的救兵。有了老婆的默许，老大的路数就粗了，跟白雪，经常是半明半暗，难说别人不知道。这事，静下来一想，还真就是屁股上的屎。

白雪。老大在屋里来回走，白雪。再走几圈，白雪。

要说白雪确实是个好女人，跟了老大一年多，什么要求都没提过，仿佛前世注定了要她圆上跟老大的这段美妙姻缘。老大给她钱，让她买自己喜欢的东西，她说，我没有喜欢的东西，我喜欢的就只有你。日子久了，老大发现，他给白雪的钱，白雪都锁在了保险箱里，保险箱不大，渐渐就满了。老大问她为什么不用，白雪说，给你留着呢，万一你要是急用钱，就不用跟别人张口了。老大说，我是银行行长，你听说过银行行长缺钱的吗？白雪说，银行的钱又不是你的钱，用了要犯错误的，我不想让你犯错误。这个女人，有情有义，情义暖着老大的心尖子。就连视天下一切女人为天敌的老四，也不挑白雪的不是，处得跟亲姑嫂一般。

　　让老大割舍了白雪，那就是割舍了自己的心尖子。白雪离开了老大，也同样是在自己的心尖子上拉一个口子。但不割舍又不行，和白雪的事情要是在组织层面上曝了光，老大的政治生涯就到了头，接下来，其他问题，还有不是问题的问题就都成了问题，所有的问题划拉到一堆，轻轻松松就能让老大住进水山山后面的牢圈子。

　　白雪。老大想，白雪。

八

　　猴急猴急的老三，在省城终于得了老爷子的令，回家开始挖地基。

　　老爷子说得很清楚，挖地基不是下地基，记住了，是挖，深挖。挖多深呢？老三问。老爷子说，一直挖到下面的房基。

　　老三小心翼翼地问，爸，您没弄错吧，咱们家的房基就有一米二，下面哪还有房基？

　　叫你挖你就挖，老爷子说，一直挖到下面的房基。老三还想问，老爷子懒得说了。

那就挖吧。老三懒得费劲，直接从老四的工地上调来了一台挖掘机，挖。司机问，怎么挖？老三说叫你挖你就挖，一直挖到下面的房基。司机问，您没弄错吧，您这房基就够深的了，下面怎么还会有房基？老三挥挥手，跑临时工棚里找遥遥聊天去了。

挖掘机很厉害，两下就挖了一米多，房基挖出来了，再往下就是黄河故道细密紧致的沙土了。司机喊来老三，老三五指并拢，大幅度地做了个刨地的手势。

司机想那就挖呗，反正是你们家的宅子，做活不由东，累死也无功，挖，挖成鱼塘，操。

挖掘机刨出了一个大坑，足有两米多深。老三跑到坑边瞅了瞅，什么都没有，再挖就低于马兰河的水面了，该出水了。老三看看司机，司机也正瞪着牛眼看他。老三就五指并拢，轻轻地做了个刨地的手势。司机吐掉嘴上的烟头，吭哧又是一铲子，地下传来了"嘎吱嘎吱"的声音，像是吃米饭被石子硌了牙。

司机小心地把挖斗升起来，坑底出现了几块被挖斗的牙齿啃过的石头。老三跳到坑里仔细地看了看，确认这些石头是房基。

司机问，你们家怎么会把地基下得这么深？老三说，我们家怎么会把地基下得这么深？

司机说，我怎么知道！

老三说，我怎么知道？

老三赶紧给老爷子打电话，说挖到了下面的地基。老爷子说哦。老三问怎么办呀爸？老爷子说，接着挖，你给我小心地把老地基挖出来，别给我毁了，我要看。老三说，哎。

老地基实在是太深了。挖掘机刨去了两米以上的土，沿院墙堆成了两米多高的土堆围墙，孙家的院子成了一个一亩地的大鱼塘，加上土堆的高度，足有四米多深。老爷子说了，要小心地把老地基挖出来，别给毁了，再往下就只能用人工了。

这是个大工程。在挖掘机挖出的大坑里，几十号人一锹一锹地挖，一筐一筐地往上抬，老地基渐渐露了出来。孙家拆了老房子改鱼塘，成了一件新鲜事。赵家、韩家又从楼顶上往下张望，老三拿眼睛一瞪，两家的脑袋就矮了下去。

老三做事张扬，令工人们挑灯夜战。成筐的大米饭，成盆的红烧肉抬到了工地上。人工进度慢，坑里渐渐聚上了水。老三又从老四的工地上调来了抽水机。到了黎明，东方的地平线泛出鱼肚白的光线时，老地基完全挖出来了。呈现在眼前的，是三间房子的基础，规规矩矩清清楚楚，坐西朝东。老三开始愣了好长时间，一个人静静地坐在高高的土堆上，泪水流了一脸。朝东，朝东，祖上的房子就是朝东的，风水大师没算错，他老三没说错，一点都没错，这就是个铁证。想想这些天老爷子给自己的脸色，想想这些天自己低声下气的付出，想想老二的冷淡，老大的漠不关心，老三像个受了委屈的孩子，眼泪哗哗的，烟都打湿了。

老三没给老爷子打电话，直接拍了照片，他要把照片发过去，让老爷子看。

老三不会在网上传照片。遥遥会。老三叫遥遥，遥遥，遥遥！

遥遥说，哎！啥事姑夫？

老三说，快帮我传照片吧。

遥遥有一台手提电脑，是老三送的。她就用老三送她的电脑把照片传了。

老三给在省城的孙兴财发了个短信，让老爷子看照片。老三发完短信，让遥遥去把大姑夫、二姑、小姑都叫来。

遥遥说啥急事呢三姑夫，他们这会儿不定还在被窝里呢！

老三感觉浑身像散了架。他想打遥遥一耳光，可胳膊却没有力气抬起来，只好瞪遥遥一眼，这一眼让他差点儿魂飞魄散。遥遥晚上睡觉时把乳罩解下了，刚才老三一喊，她急忙之中忘记戴上，透着薄薄一层外衣，两个粉红色的乳头格外引人注目。老三目光直了，当属自然反应。

遥遥没有说错，老大孙敬财此刻真的躺在白雪的旁边。白雪已经睡着了，老大醒着。阔大的床上，白雪玉体横陈，像一尊洁白无瑕的艺术品。老大的心软了，这个有情有义的女人，将美丽无比的身体奉献给了自己，让自己把大半辈子的缺憾全都补上了，现在自己却要跟她摊牌，怎么张口呀。他起身走到落地窗前，东边，远远的，自己家老房子的方向，依然灯火通明。老大知道那是老三正在跟老房子较劲，他清楚地知道，老三跟老房子较劲是徒劳的。

李行长在老大家喝过茶后，老大就拿定了主意，财政局的副局长，只能让老二孙爱彩上。要是老三上，副局长就到了顶，再往上，你就是拎着老三的头发往上拔都上不去了，老三缺做官的品。老二就不同了，老二上了这个台阶，往上就会顺利得多，不出问题的话，能在政协副主席的位子上退休。也就是说，老二的顶是副县。副县就完全不一样了，县里的四大班子成员，屈指数来也就不到三十人，罩着孙家，比起老大这个农行行长要省心得多。

可是，怎么跟老三谈呢？身边的白雪，兄弟老三，都让老大不舍。

老大想了一夜，决定早上起床时跟白雪摊牌。

遥遥先找到老大家，老大媳妇说他去省行开会没回。遥遥又打老大的手机，手机把白雪吵醒了。她起床后第一件事是对着梳妆镜梳头发，乳白色的丝质睡衣轻轻地从肩上垂下来，圣洁得像一尊菩萨立像。

老大站在白雪身后，犹豫着不知怎么开口。想了一个晚上的词儿全都像咽到了肚子里。

白雪问，你有话说？

老大说，雪儿，你还年轻，我给你些钱，在省城买栋别墅，或者去北京，上海也行，你弟弟不是在上海吗？

白雪立起玉手止住他，那只手白皙柔润，羊脂玉一般。白雪打开保险箱，里面的钱"哗啦"一下流出来，足有五十万。白雪说，我不要钱，这些钱都给你留着呢。

老大心里难受，揽着白雪的肩，雪儿呀，你不要钱我还能给你什么呢？

白雪说，是呀，除了钱你还能给我什么呢？

老大拉着白雪的手放在自己的胸口，我还有这颗心，这颗心是你的，永远都是。

白雪笑笑，轻轻抽出自己的手。白雪去厨房煎了两个鸡蛋，连同两片面包和一杯牛奶放到餐桌上，充满爱怜地抚抚老大硬邦邦的头发：吃饭吧。

老大吃着，头都不抬，两行热泪滴到面包片上。白雪拿了张餐巾纸给他擦泪，老大止不住了，呜呜地哭出声来，孩子似的。

老大上班去了，白雪也出了门。

白雪出了门就给何文学打电话，让他到他们经常去的宾馆开好房间等她。一进门，白雪开口就问，你敢娶我吗？

何文学坏笑：你是我大舅嫂。

白雪认真地说，回答我。

何文学一愣，怎么了宝贝？

白雪的香唇轻轻地送过来，鼻孔里的丝丝香气让何文学眼睛痒痒的。何文学不回应，等着白雪回答他的问题。

白雪让睡衣滑下来，拿两包热奶轮换着喂他。何文学这回回应了，如饥似渴地吮着。白雪把他压倒在床上，说，弄死我吧。

何文学在一瞬间想到了孙爱彩冷冰冰的目光，孙老爷子蔑视的眼神，老四孙宏财的不屑一顾，下身一下子硬了起来……

白雪差一点就死了。

两人平躺在地毯上，白雪缓过气来，盯着天花板说，我不喊你何局长，也不喊你何主席，叫你一声何老师，你不会觉得我配不上你吧？

何文学用手盖上白雪的嘴，不是，宝贝，不是，我，我……他想说自己是个诗人，诗人追求高尚，不贪图她的肉体；他还想说自己是个穷酸文人，没权更没钱，可是不知为什么说不出口。

白雪一点都不觉得意外。白雪说，我托付你一件事。

说吧。何文学说。

我把我的QQ号告诉你。白雪说了以后，又说，我把密码换成你身份证号的最后的八位。

干吗跟我说这个？

我要是出了事，比如，不测，你就把里面的一个视频发出去。

为什么？

别问，就说行不行。

行。

任何情况下，不受任何人干扰，你保证。

我保证。

我知道你是值得托付的，唯一的。

壮士一言。我不是君子。

我信你。白雪说着，拿出一个U盘：这个U盘里，是视频文件的备份，QQ要是给破坏了，就用U盘。

到底出什么事了？何文学问，怎么跟交待后事似的？

白雪笑笑，你答应的，别反悔。

何文学说，从小到大，我不会写反悔这俩字。

这才像你。白雪说着，又拿出一张卡：这张卡，有两万块钱，是我自己的，密码是你手机号的最后六位。

你干吗？骂我？

白雪笑笑，意味深长。起身，穿衣。你不要就帮我捐了。说着就往外走。走到门口，回过身来：QQ，你身份证最后八位。壮士一言，门把白雪仙子般的笑关到外面。

何文学赤条条地坐在地毯上，一脑袋糨糊。他用白雪留下的那张卡拨拉了一下私处，还是一脑袋糨糊。

白雪走在大街上，给弟弟打了个电话。弟弟在上海的一家网络公司做高管。白雪说，姐要去西藏玩一趟，那边信号差，姐要是半个月没给你来电话，你帮姐把 QQ 里的视频文件发出去。

弟弟说行，都发给谁呀？

姐 QQ 里的好友，都发，姐答应过人家的。

弟弟说行，密码呢？

QQ 密码姐发短信给你。还有一个 U 盘，姐一会儿给你寄过去，QQ 要是不好用，你就用 U 盘。

弟弟说，姐，我是吃网络饭的，我有办法。

记住了，半个月之内，姐不许你看视频里的资料，那是别人的隐私。

弟弟说，姐，你还不信我？

姐当然信你。

弟弟说，姐你注意安全。

弟弟说，姐你多穿点衣服。

弟弟说，姐你别忘了防晒霜。

弟弟说，姐高原反应你要先吃红景天。

白雪说，啰嗦。

白雪放松了，天好蓝。云好白。身子好爽。这个何文学，像头驴。

九

老大他们聚集在一起看老宅基地时，孙家老爷子正在省城的长孙家看照片。

老三传过去的老地基的照片很清晰，三间，规规矩矩的三间。老三说老地基是面朝东的，老爷子看不出来，说这个三猴子，哄鬼呢。

照片是从上往下拍的，根本看不出老房基朝东还是朝南。老爷子坚信，祖上不会那么没眼光，明摆着南向朝阳，又对着马兰河恋恋不舍的情怀，怎么会视而不见呢？水山县在黄河故道上，老爷子小的时候，再往前，还没有老爷子的时候，黄河改道是家常便饭。那时候老房子被水冲毁了就在老地基上重建，再毁了再建，黄河水带来的沙土淤了一层又一层，淤着淤着就把老地基给深埋了。深埋了地基深埋不了老爷子的信念，说老地基朝东，哄鬼吧。

老三在电话里说，不信您自己回来看。老爷子当然要回去看，不光要看，还要烧香，拜祖宗，老地基里存着祖上的气息，住着祖上的魂灵呢。

老三说，要回来您就早点回来吧，老宅子都挖成鱼塘了，不是个事呀。老爷子说，急什么，成了鱼塘也是咱孙家的。

老爷子不急，老三急。老三不敢戗着老爷子，也不敢戗着老大，老三唯一能使得上劲的就是改建老房子了。他老婆说你这是神汉玩屌，没有神下了。老三说我就是神汉玩屌，你不玩屌哪来的咱闺女？我不玩屌这辈子就当个财政所所长了？他老婆说有本事你自己拱去，离了孙家的槽你还不吃食了。老三说，我脑袋顶上都让老大布上了网，我拱得动吗我？他老婆说，老牛使笨劲，活该你憋死。老三说，我就是，是老牛掉进枯井里。我好似，落难的龙，潜在浅滩……老三唱着出去了，很苍凉的调子。

老大的的确确看到了，也信了，不光信老三，更信大师的话。

老大把两件事都想好了。一是给白雪一个交代，二是跟老三谈。

跟老三谈显然要容易得多，老三是自己的兄弟，深了浅了轻了重了都让一母同胞的名分兜着，都让一辈子的漫漫路程兜着，都让兄弟的手足情分兜着。

老大孙敬财在老房子的工地上找到了老三孙得财。老三正坐在高高的土堆上，眼睛望着遥远的天空发呆。孙敬财不由自主地顺着老三的目光看去，蓝天，白云；再看，还是蓝天，白云。看着白云像一堆堆白雪，老大有些伤神。老大说，三儿，哥反复想了，还没顾上和咱爸说。我个人，个人认为，财政局的那个位子，还是让你二姐上吧。

老三现出极其诧异的神情：为什么？我不是你亲弟？

老大有点不乐，说什么呢你！

老三说，我二姐给你什么好了？

老大生气了，放屁吧你！你二姐一毛不拔的角，能给我好处？

老三说，哼！

老大耐着性子，沉稳地说，你二姐上了这个台阶，保不准还能往上走一个两个台阶，将来咱把她托到副县上，也是个照应。咱孙家，得上去一个。

老三说，那为什么是老二呢！

老大说，不是老二还能是你？你上得去吗？

老三火了，反正你是看不起我，还有爸。你说我算什么？你们拿我当孙家的人吗？说着就哭起来，哥你说，我哪儿亏了你了？为什么就是我不行，为什么，哥你说为什么？

老大拍拍老三的肩，别说了，哥知道你难受，哥也不好受，不为什么，为咱孙家。

老三不服气，我为咱孙家，咱孙家为我吗？我二姐，她为咱孙家做什么了你说！

老大说，你二姐小的时候就是咱孙家的一头驴你知道不知道？要不是你二姐，你能上到高中毕业？

老三不服气，论功行赏多劳多得是吧？我做的也不少呀。老三一边说，一边用手指指脚下深深的大坑。

老大语重心长地说，三儿，咱孙家是一个整体，谁上谁不上，得看是不是对咱老孙家有利。

合着我上去就祸害老孙家是不是？老三一脸鼻涕冲着老大喊。

老大有点生气，站起身不打算再说了。一母同胞，兜得住兜不住都得兜着。老三也生气，坐在土堆上没动，眼泪哗哗地流。

老爷子和老大都希望让老二上，这一点老三早就觉察到了。这些天来他又拆房又挖地基都只能是徒劳，这一点老三也意识到了。他这样做实际上是跟老爷子较劲，跟整个孙家较劲，跟自己较劲，这一点老三也很清楚。老三不光长着猴一样的头脸，也有着猴一样的机敏。要不是上头有老大罩着，说不定他也就出头了，可是有了老大，有了老爷子，有了老二老四，孙家就显不出他，就像打牌，正副大王四个2在手上，A尖和老K都只能算走闲张的小牌。老三这样围着老宅子折腾，说白了是一种储蓄，是一种付出，是一种投资。付出和投资没有回报，老爷子就欠他的，老大就欠他的，孙家就欠他的。孙家的人不喜欢欠债，那就要想办法还。老三不缺钱，要的也不是钱，老三是爷们，是水山镇财政所的所长，不能老在孙家赔着笑脸装孙子。别叫我老三，我叫孙得财，孙得财要出头。

老大跟老三谈完，觉得心里轻松了一些。许多看起来很难的事，真要去做，也就是一咬牙一跺脚。剩下的就是白雪了。

一想起白雪，老大的心就一揪一揪的，又疼又空。可是白雪再好，也好不过自己的政治生命，好不过孙家的兴旺和平安。老大此刻对忍痛割爱这个词有了非同于常人的理解。

老大回到白雪住的别墅，白雪不在。打白雪的手机，没开机。以往老大回来的时候，白雪总是先递上一块温热的毛巾，再端上一杯热腾腾的清茶，然后让他泡在迷人的笑容里揉肩。这一刻老大突然涌上一股强烈的失落感，白雪走了？老大四处看了看，屋子里干干净净，一丝不乱。打开保险箱，里面的现金"哗啦"一下流出来。老大的心隐隐作痛。人去楼空，屋里只留下白雪特有的一股淡香。

老大试图把白雪的气息留住，轻轻地坐到电脑桌前。白雪平时最爱待着的地方就是电脑桌边上了。

电脑黑着屏，但主机开着。电脑的显示器前，压着两张纸，上面的一张纸上白雪写着：哥，我走了。电脑开着，想我的时候可以看看视频。明天我等你电话。下面的一张纸，是老四写给老大的股权证明。

老大迫不及待地打开视频。视频里，白雪一丝不挂，羊脂玉一般的身子斜靠在床上。老大黑油油的身子出现了，伸出短粗的胳膊搂住白雪。老大压着白雪。白雪压着老大。两条身子一黑一白，泥鳅和白鳝缠在一起。虎啸猿鸣。白雪汗湿的头发。老大满足的脸。老大看得热血奔涌、躁动不安。视频放完后，屏幕上出现了老四开给老大的股权证明，下面是一行字：哥，你要是觉得值，就把股权证明换成我的名字。白雪。

老大脑子里乱哄哄的，拿起桌上的股权证明，再看看电脑上的字，突然跳起来。

老大的第一个反应就是删除视频。点了删除键后，屏幕上又显出一行字：请不要试图删除本文件，本文件有多个备份版本，遭恶意删除时将自动群发。

老大赶紧跳起来，连鼠标都扔了。

老四接到老大的电话就赶过来了。

老四要开视频，老大不让看。老四坚持要看。老大说你还嫌你哥不丢人！老四说你跟我还丢什么人？老大说不行。老四说都到什么候了你还拘着！老大说说不行就不行！老大让老四看了后面白雪留下的字。老四看完就骂，婊子，这个婊子，金子做的也值不了这么多钱，几千万呢这个臭婊子。

老大说，怎么办？

老四咬着牙说，弄死她！

老大说，弄死她我就完了，你也就完了。咱们孙家就彻底完了。

老大和老四一夜没睡。老大抱着老四哭了上半夜，老四抱着老大哭了下半夜。两人哭了一整夜。老四说早听三哥的，把方向改一改，就不会发生这样的事。

老大说，说不定就是老三要改方向闹腾出的这些事！

第二天白雪刚打开手机就接到了老四的电话。老四说，我答应你，婊子。

白雪说，你今天上午还可以骂我婊子，下午就不行了，下午我是你的股东了。

老四说，婊子婊子婊子！

白雪说，哎！

下午白雪带着律师和老四一起去了公证处。做完公证，老四把白雪拉到一旁，低声说，我迟早弄死你，婊子。

其实，老大和老四抱头痛哭的时候，老三把自己关在老宅子的临时工棚里喝闷酒。工人都走了，是老三打发走的。既然老大把话挑明了，他孙得财也没心思再去建什么新房子，等老爷子回来看一眼老宅基地的方向，看看还有没有希望吧！

这些天的事情，足够老三狠狠地郁闷一场了。那个副局长的位子，本来如飘在天上的饼，他跳一跳就可能抓得到，于是他就跳，脚都磨出血泡了，连个边都没摸着。老大轻轻松松一句话，饼就归了老二。凭什么？

四个兄妹中，老三跟老二走得最远，不是老三不想走近，是老二不睬他。对，老二历来看不上他。老二的儿子去澳大利亚上学，老三拿了十万块钱送过去，老二只收了一万，还是人民币。同样是兄弟姐妹，老四拿去了两万美元，老二却照单全收。老三怎么了？老三劈山卖钱，山劈不完，钱就赚不完。并且水山县只有老三一张准采证，山就是老三的，老三的钱就是那座山。老四又能怎样？老四是占地卖钱，县城的地总有占完的时候。还有老大，老大虽说帮过他，却也处处压着他，要不是老大压着，不是孙家压着，老三早就出头了，到不了今日。老三完全可以用那座山换任何他想要的东西，一座山，能换多少个局长？

最可恨的是老二，老二什么都没有，老大却还想把她托到副县的位子上。呸！老三不仅没把心里的郁闷吐出来，反而变成了恨意。

就在这时，老三看到了遥遥。老爷子走后，用不着遥遥了，遥遥就成了一只撒了欢的野猫，回了趟老家，又跑县城玩了几趟。老三想野猫喜欢找野男人。想到男人，老三一激灵，想起遥遥粉红的乳头。眼下再一细看，遥遥的身子不胖不瘦，哪儿哪儿都圆滚滚的，极瓷实，是眼下最时尚的麦子色。和老大的女人白雪不同，白雪的身子白而绵软，那种体力不行，动作几下就得气喘吁吁，遥遥的身子充满弹性，生龙活虎如火如荼。妈的，既然副局长没戏，何不活得精彩些，不白来世间走一趟。他喊遥遥你过来。

遥遥好像已经明白老三身上发生了什么事情，小心翼翼地站到老三面前。她最希望三姑夫能更出人头地。三姑夫出人头地，她就能得更多的实惠。

老三一把把遥遥抱在怀里。遥遥没有反抗，也没挣脱，三姑夫疼爱自己，这是她的福气。她干脆坐在老三的大腿上，舒舒服服地躺在他的臂弯里，像对自己的父亲那样，带着几分娇气对老三说，三姑夫，我，我肚子疼，是不是吃民工做的饭弄坏肚子啦？

孙得财揉了揉遥遥的肚子说，可能吧，我给你揉揉就好了。

遥遥说能成吗？三姑夫你又不是大夫。

老三说我小时候学过几天医，兽医！

遥遥咯咯笑个不停，三姑夫你骗人，兽医咋能给人看病？

老三的下身早已硬邦邦的，他说兽医给小猫小狗看病，在三姑夫眼里，遥遥就是可爱的小猫小狗。

遥遥被三姑夫这番疼爱的话说得心里暖烘烘的，早已放松了警惕。老三趁势在遥遥身上摸起来，从肚子摸到脖子，从脖子再往下摸，他犹豫了片刻，最后还是摸到了遥遥的乳头。遥遥这下清醒了，一边挣扎，一边给了老三一个耳光，三姑夫你是个坏蛋！你想欺负我？

老三哪能善罢甘休。他抱紧了遥遥，另一只手插到遥遥的下身，手指头像是街上肇事的小流氓，毫无顾虑地朝遥遥那里放了进去。

遥遥疼得大声喊，三姑夫，三姑夫，孙得财你是个大坏蛋，快点放开我！

十

不光是孙家人，认识老三的人都说老三是猴子变的。这个猴精的孙得财，做梦也没想到被人算计了。

这个人是何文学。何文学已经几天没到老孙家来了，听别人说老孙家挖成了个大鱼塘，他想过来看一看，没想到刚到门外，听到了遥遥的喊叫声。这一下，诗人易怒的性格暴露无遗，他一脚踢开门，闯了进去。孙得财你给我住手！

喊罢，何文学愣住了，他的眼前只有醉意朦胧的孙得财，一手举着酒瓶对着嘴喝，一手在向他挥动，何文学你嚎个球？我，我喝我的酒与你球关系，你凭啥让我住手？

何文学不相信自己的听觉出了问题，明明是遥遥在叫嘛，可是又没有证据。他后悔自己太冲动，要是像一个经验老到的猎人，等待最佳的捕猎时机再出现。拿贼拿赃，捉奸捉双，他孙得财今天就注定跑不掉了。你孙得财是遥遥的姑夫，就算没这层关系，你也是遥遥的长辈，你不能对遥遥下手。

老三见何文学傻了眼，讥讽他说，怎么着，老赵头的鬼魂拉你读诗吧？来，来，我给你再灌二两猫尿助兴。不是说斗酒诗百篇吗？呵呵，呵呵！

何文学清醒过来。他猜想遥遥并没有走远，不过他自己找遥遥不方便，弄不好和孙得财发生冲突。他回到大街上，给自己和孙得财的媳妇都打了电话。他要让孙爱彩和老三的媳妇来，一起找出遥遥，共同分享这一美妙的时刻，见证这一历史性事件。孙爱彩的电话关机。老三的媳妇一听让她去孙家老宅，说了一句没工夫就把电话挂断了。何文学有些失望，又给老四打电话。老四来也行呀，老四来了一起看看老三怎样勾引自己媳妇的侄女，怎样丢人现眼，哈哈。

老四的电话也关机。

何文学有些沮丧。他回过头，对孙家老宅子看了一眼。这一眼，让他的沮丧随即就被激动和喜悦消灭。因为他看到了一个穿花布衫的女孩子的身影，在孙家院子里晃了一下。那是遥遥。他肯定地想，刚才遥遥一定被老三给藏起来了。诗人何文学此刻被激动和喜悦燃烧着，浑身上下都充满了活力。他又打了老大家里的电话，没人接，老大的老婆在家是不接电话的，跟人面对面都懒得说话，对着根电线就更没兴趣了。他不灰心，又往老三家打电话，也是没人接。再想想，就又打了老三媳妇的手机，老三媳妇这回看到是他的手机号，干脆接也不接了。

没人分享，何文学不能自己独吞这份疯狂的喜悦。他要让这份喜悦焕发出更大的光和热，照亮水山县城。他过了好长一段时间，在确认老三已经得手，可能和遥遥在床上折腾后，给南关派出所打了个电话，报了门牌号，说是捉奸。他听到派出所的电话里欢声雷动。

何文学找了根棍子，提肛运气，一脚踹开了孙家临时的门。

院子里的工棚里，果然只有孙得财和遥遥两个人。不过，两个人是在吃饭。没有见到孙得财惊恐万状的表情，何文学多少有些扫兴。倒是孙家老三孙得财恼火了，一跃而起，上前夺过何文学手中的棍子，照何文学的腿就是一下。何文学毫无诗意地骂了一句：操你妈！老三也骂操你姥姥，天天嘴里喊高尚，竟然干起偷鸡摸狗的勾当。说着，照何文学后背又是一棍子。这一棍子没打着何文学，打在了遥遥的身上，遥遥扑过来用自己的身体挡住了棍子。三姑夫，你不要打二姑夫！接着双手捂着肚子，哎哟哎哟地呻吟。

何文学见遥遥为自己挨了打，顿感气愤，像饿虎下山般大吼一声，扑向孙得财。孙得财没有防备，一下子被何文学压在身下。遥遥急得在一旁干跺脚。你们弄啥呢，弄啥呢，这还是一家人吗？

老三喘着粗气说，球一家人，哪还有家！谁心里有家，心里有家会到今天！

何文学也累了，上气不接下气，让你们孙家目中无人。这是报应。我早跟你说过老三，别尽耍小聪明，在大门方向上打主意没用。做了坏事早晚要遭报应。你手中有权也好，有钱也罢，报应到了全都没用……

遥遥听糊涂了，你们这算弄啥？

这时，派出所的民警带着一堆兴高采烈的联防涌进院子。派出所的所长知道何文学报的门牌号码是孙家，孙家院子里能有卖淫嫖娼？

见鬼去吧。但是，既然接到报警就得出警，不然人家告你你没话说。所以，他只安排了几个联防来。联防没抓到嫖娼的，但抓到了打架的，打架也违反社会治安呀，这也算是一功吧，于是就把何文学、遥遥和老三带回了派出所。

马兰派出所招聘的联防队员个个立功心切。他们认定何文学、老三两人中间，有一人和遥遥在搞流氓活动，甚至怀疑是嫖客和娼妓的关系，第三方因为嫉妒或者也想占便宜才打起来。所以把何文学和老三分隔在两间屋里不厌其烦地询问，想钓出一条大鱼。但是，他们对结果好像又不是特别重视，相反对过程表示出很大的兴趣，比如先摸那个女孩哪个地方，后摸哪个地方，那个女孩叫不叫……

何文学对这些问题一律拒绝回答。老三却大吼大叫，乱摔东西，让你们所长出来见我！狗日的，我明天就把你们这些联防的补助给停了，我说到做到！

一个联防队员说你就谝鸡巴能了，俺知道你是谁，弄的就是你。

询问遥遥时，遥遥不住地骂，一个是俺二姑夫，一个是俺三姑夫，都是长辈，和俺能有啥事？你们家兴做不吃人粮食的事啊？

联防队员就打遥遥。遥遥的脸都被抽肿了。遥遥被打急了，就抓住一个联防队员咬。其他的联防队员一起上去打，遥遥就是不松口，棍子和拳脚打在遥遥身上像打一只破口袋。何文学在隔壁屋听到打遥遥的声音，大吼一声冲过去，拎起屋里的暖水瓶就浇。屋里的人吱哇叫唤着跑出去，纷乱中，何文学后脑勺上挨了一棍子。

何文学醒来时，已经是第二天上午了。醒来的何文学躺在医院的病床上。坐在床边的遥遥脸肿得像个倭瓜，咧着嘴冲他笑。遥遥笑的时候眼里流着眼泪，泪水从不对称的脸上流下来，肮脏而滑稽。何文学替遥遥擦眼泪，遥遥顺势把脸贴上来，又哭又笑，说就知道你好人不那么容易死。

何文学很奇怪，我死过了？

遥遥说，死了七八个钟头。

何文学想起了昨天的事，你还疼吗遥遥？

遥遥说不动就不疼，一动哪儿都疼。

何文学说，你放心遥遥，我一定帮你报仇雪恨。

遥遥说，二姑夫你甭多想了，我没仇也没恨。我等爷爷回来，给爷爷告个别就走。

何文学一愣，小心翼翼地问，给，给你三姑三姑夫说了吗？

遥遥转了一下身，回过身来时仍然一脸笑容，点了点头，说，我三姑三姑夫都疼我。我这次离开，就是我三姑三姑夫出钱，送我去省城上电脑班，我学好了回来在县城给我安排个工作……

何文学半天才骂了一句，操他妈。

这个时候，在省城的老爷子也回到了老宅子。

老大和老三在老宅子边上等着。老大哭了一夜，眼泡肿得像一双厚嘴唇，眼下谁都懒得理。活生生地把价值几千万的股份转给白雪，老大像吃了一颗驴粪蛋，搁肚子里憋屈，说出来恶心。就连对老三，白雪的事老大也没法说，他真的希望这个哑巴亏永远只有他和老四两个人知道。屎不扬不臭，老大宁可臭在自己肚子里。

老三经过这一场，彻底蔫了。他现在反倒怀疑起水利局那个陈局长，狗日的，你这方向看得准吗？怪不得你不收礼，官场上的谁不明白，只有办不成事的才不收礼！孙家一连串子的事，会不会都是要改大门方向闹的……

老大和老三各自有事，这让两人脸上都挂上了面对老宅子应有的肃然。老爷子对这种肃然感到满意。

孙兴财扶着老爷子爬上沿院墙堆着的土堆，见到了一坑水和泡在水里的三间地基。

老爷子见到老地基的一刹那腿就软了，幸好有身强力壮的孙兴财在一旁扶着，不然站都站不住。老地基里住着祖上的魂灵，藏着祖上的气息，孙家就是在这里长成了水山县万人仰慕的参天大树。老爷子无法自已，浑身哆嗦着向下走去。

就在这个时候，老三心怀叵测地说，爸，您看清楚了，老地基是不是朝东的。

老爷子扭头看了老三一眼，老三发现，老爷子的脸扭成了一根麻花。

自从老三把老地基的照片传到省城，老爷子最想见到也是最怕面对的就是这一刻。在这之前，他一直坚信祖上的老宅子老地基是朝南的，这种坚信伴随了他一辈子。要不是老三急于改建老房子，要不是孙家接二连三的闹心事，他也许会在老房子里寿终正寝。那样，祖上老地基的朝向就一直是朝南的，这个令他坚信的朝向，就会和他一起寿终正寝。可是在老三的强烈质疑下，这种近乎虚幻的眼见为实，摧毁了他一辈子深信不疑的根基，他随时都有可能轰然倒下。

老爷子走下土堆，直接向水里走去。

孙兴财想拉他，看看下边是淤泥，又看看自己一万多元一双的皮鞋，就停下了。

老大想拉老爷子，老爷子一把把他推开。

老三上前一步，扶住了老爷子，老爷子冲他转过脸来，老三看到了老爷子厉鬼般的狰狞。老三一屁股坐到地上。

老爷子在水里，在祖上的老地基前跪下了。坑里的水淹到他的胸口，清澈而又神秘莫测。老爷子看到水里有一个厉鬼，那个厉鬼太有力量了，轻轻一拖，就把他拖了下去。

老爷子孙守田倒在了老地基前，倒在了近乎虚幻的眼见为实中。他倒下的朝向也是朝南。这让老三感到有几分不安。

孙家兄弟姐妹四人，谁也没说埋怨谁的话，甚至谁也没提大门方向的事。他们异常低调地发送了老爷子。

尾　声

一个月后，市里的李行长派来的工作组交割了老大的工作，老大因身体的原因，提前两年退休。

老二的副局长迟迟没有任命。老大问县委组织部一个朋友，那个朋友说还没研究，等等，有消息告诉你。再问一次，说再等等。老大就不再问了。

白雪的弟弟辞了上海网络公司高管的工作，成了股东白雪在老四的房地产公司的代表，职务是常务副总。老四异常高调地接纳了他，据说两人合作得很好。公司有人在外边说，老四和白雪的弟弟两人关系超出了正常的范围。白雪的弟弟和老四，不知谁玩谁。

没有人知道白雪去了哪里。白雪心大，去北京去国外都是有可能的，世界大得很，白雪有了钱世界就小了。

四个月后，老三如愿以偿地成了水山县财政局副局长。老三当了副局长后，并没有骂老大有眼无珠。他做的第一件事是请陈局长陈大师吃了一顿。酒足饭饱后，他直言不讳地对陈局长说，老哥，不瞒你说，我曾经骂过你。陈局长打着饱嗝，说我知道，我知道。说罢，两个人会心地笑了。

又过了两个月，退了休的老大在马兰河边的公园散步时，无意间听到一个消息：孙家在五十多年前大门是朝东开的，那时赵家、韩家还没搬过来。老大在心里算了一下，那时候他老爹孙老爷子刚成家不久，他还在娘肚子里，而孙老爷子也就是老大的祖爷爷在孙老爷子八岁时就去世了，主持孙家大权抑或说盖房子时当家的，正是老大的爹孙老爷子。老大长长地出了口气。后来，老三又提过盖房子的事，老大出乎意料地明确表示，等等吧！

孙家的老宅子也没有重建，大坑里的水，白天映着太阳，晚上映着星星月亮。

原载《十月》2011 年第 5 期

《作品与争鸣》2011 年第 10 期选载

风水宝地

一

故黄河一路向东，七折八弯，时宽时窄，在下游的中原东部，出现了一个S形的大弯子，当地人称为狗腿子弯。河湾镇就坐落在弯里。有一句民谣唱道：狗腿子弯又弯，河湾坐在弯里边，一根扁担两头尖，老鼠屁股拖铁锨，羊肉汤烫得舌头软，萝卜鱼喝得鼻子酸，小婊子妈妈扎人眼，拉魂腔唱得泪涟涟……

张守业小时听他奶奶讲过，河湾很久以前就是个大镇子，民谣里唱的"一根扁担两头尖"是指镇上有一条贯穿东西的大街，街上有卖杂货的，有粮店、油店、饭店，有剪头的、修鞋的、打铁的、唱大鼓书的，还有牛市、马市、猪市……"老鼠屁股拖铁掀"是说挨着河湾镇有一个码头，形状如同当地农民挖地用的铁锨。羊肉汤和萝卜鱼都是河湾一带人最爱喝的，羊肉汤放辣椒油，而且是滚烫时喝，辣加上烫，所以喝过之后，舌头就像发软了一样。萝卜鱼里边则放醋，酸得冲鼻子。当地人称做皮肉生意的女人为婊子，称女人乳房为妈妈。窑子里的女人常常会在夏天的傍晚在门前招揽客人，故意敞着怀，露出两只雪白的乳房吸引人眼球。拉魂腔则是河湾所在地区方圆几百里流行的地方戏种，因其唱腔独具特色，所以才有唱得泪涟涟一说。

　　张守业的奶奶小时候就经常跟着他祖奶奶来这儿赶集。穷人家赶集十次有八次不买不卖，因为没有什么东西可卖，也买不起什么，最多是收了庄稼以后卖点粮食，再买点不得不买的生活用品。但是，到了集上还东打听西问问，摸摸这家摊上的辣椒，瞅瞅那家摊上的豆角，问问价格，这不光是图个新鲜，用现在的话说是了解市场信息，回去后给家里说今年种啥东西挣钱。这就是中国农民的智慧。

　　张守业的祖奶奶最喜欢听拉魂腔。只要到了河湾集上，戏台是必去的，哪怕就听几句。拉魂腔又称柳琴戏，是泗洲戏的旧称，这种剧既有南音的柔美，又有北音的粗犷，以丰富的花腔和独有的拖腔翻高震撼人心，富有感染力。高兴时唱快板，把五脏六腑都荡涤得干干净净；悲苦时唱慢板，那撕心裂肺的情调便抚平了心中痛苦的皱纹。

　　张守业小时候常听一句民谚，叫"拉魂腔一来，跑掉了绣鞋，拉魂腔一走，睡倒了十九"。关于这句民谚还有一个生动感人的故事。

　　拉魂腔开场之前先是一阵锣鼓，如果是晚上的演出，挨傍黑时就开始敲打起来。所以，一听哪个村的锣鼓响，就知道那个村晚上要唱

在家当姑娘时可以吃完饭一抹嘴就出去听戏，出
嫁当了媳妇就不那么随便了，要洗碗涮锅，然后把剩
饭剩菜和涮锅水提到猪圈里喂猪，去听戏的路上还得
搀扶着婆婆。

拉魂腔。

河湾有一个刚过门不久的新媳妇，从小就喜欢听拉魂腔，附近村子里只要有演出，她场场不落。在家当姑娘时可以吃完饭一抹嘴就出去听戏，出嫁当了媳妇就不那么随便了，要洗碗涮锅，然后把剩饭剩菜和涮锅水提到猪圈里喂猪，去听戏的路上还得搀扶着婆婆。

有一天晚上，河湾村来了县城的拉魂腔剧团，几个名人也在其中。可是从下午开始就变了天，黑云翻滚，狂风阵阵，上了年纪的人凭着经验说饭后要下大雨。演出只好提前开始。

那个小媳妇还像以往一样在家里拾掇，没想到琴声响起来了，接着就是县城剧团一个有名的男艺人的唱腔传来。小媳妇的魂立马被拉了过去。她不管三七二十一，拔腿就向演出的地方跑，路上两只绣鞋都跑掉了。

所以，就有了这句民谣。张守业小时候，有大人给他开玩笑说，那个跑掉绣鞋的小媳妇就是他奶奶。

河湾过去没有戏台，只有戏场子，就是大户人家的打麦场。张守业的祖奶奶小时候听戏，学着男孩子爬到场子旁边的树上，为此挨了爹娘不少骂。

那个年代，河东一带的百姓都为能和河湾集上的人攀上亲戚感到自豪。周边村子的人不称河湾叫镇，而是称为街，对街上人还有个不太好听的绰号叫"街滑子"。所谓"滑子"就是油嘴滑舌，滑头，不是个好听的称谓。

从那个时候起，街上和村里就开始有差距，毕竟街上的人家能在自家门口做点小买卖，挣点油盐酱醋钱。所以说，中国的城镇与农村

的差别冰冻三尺非一日之寒。

张守业的祖奶奶就是因为爹娘想攀一门河湾街上的亲戚，把他祖奶奶嫁到张家的，那时的张家在河湾街上已是数一数二的富裕人家。当然，还有一个重要的原因是，张守业的祖爷爷在戏台上见过张守业的祖奶奶，十分喜欢她。

张守业的祖爷爷在军队里当团长，军队就驻在河湾镇一带。1840年黄河从河南铜瓦厢决口改道入海，留下了一条旧河道，称为黄河故道，又称废黄河。那次黄河改道，把河湾从弯子里一下子改到了弯子外。昔日行水的河道成了河滩地，尽是淤泥，淤泥经过积淀，上边成了厚厚的沙土地，不能耕种。

当兵吃粮，张守业的祖爷爷为了让士兵能吃饱肚子不逃跑，下令士兵在河滩开荒治理，直到今天，河湾所在地的县、市博物馆里还都保存有当年士兵开荒的照片。现在当地偶尔还有人称那片地为军地，意思是当兵的开垦出来用于产军粮的土地。

那是个军阀混战无法无天的年代，有枪就是草头王。张守业的祖爷爷不光有枪还有地，不管哪个军阀都拉拢他，他也乐得当墙头草，北风吹来向北倒，东风刮来向东倒，后来被人戏称为"没爹将军"，就是说他一直没有个真正的主儿。

张守业的祖爷爷指挥他的军队在故黄河滩上开垦出了多少土地，一直没有个准确的数字。究其原因，还是他墙头草两边倒的原因。

这个小军阀来了，封他个将军，他给人家几十亩地，那个势力大点的军阀来了，要清剿他，他献上百十亩土地，保存住自己的实力。一来二去，数字流动太快，所以没有准确记录。

独轮车左右侧各有一只柳条编成的筐。左边筐里坐的是他娘，右边筐里是一家人的家产，用穷得叮当响表达韩家当时的情景那是相当恰如其分。

不过，他拥有的土地至少有百亩之多，而且牛马成群，猪羊成圈，在河湾街上有两家粮店两家布店，还在城里开了粮店、杂货店。后来，又在河湾建了一座张家戏台。

有人说，人临水有灵气，地近水有营养。张家的土地都在故黄河边上，旱能灌涝能排。有一年赶上几十年不遇的大旱，故黄河瘦得只剩下骨头架子，很多人家的土地渴得张开大嘴，有的颗粒无收，张家的地靠河近，引水占了地利，夏粮依然保住了收成。到了春节前，河东县只有几家开仓售粮，张家是其中之一。又有一年下大雨，发洪水，别人家的庄稼被淹，而张家挖了几条沟，把水排到故道里，结果又保住了收成。

不仅是庄稼收成好，张家的香火也得了地的福。他祖爷爷只有一根独苗，到了下两辈上突然人丁兴旺，得了六个儿子。周围的人都说，张家在故黄河滩上的土地是风水宝地。

韩金富家，是他爷爷韩百山那辈才来河湾的。

韩百山推着一辆独轮车，轮子是木头做的，外边包了一层铁皮，铁皮磨断了几截。独轮车左右侧各有一只柳条编成的筐。左边筐里坐的是他娘，右边筐里是一家人的家产，用穷得叮当响表达韩家当时的情景那是相当恰如其分。

命运常常会捉弄人，但也会改变人。韩百山推着独轮车走到河湾村故黄河滩张家的地头时，张家正在收麦子。那时节天气高温，天空像只倒扣的火盆，阳光像一道道火焰，炽烈而又毒辣。

张守业的爷爷叫张青松，他母亲张陈氏是个吃斋念佛为人热心的好老太太，她见韩百山光着的脊背上全是大汗，头上冒着热气，两腿已显得有些无力，晃荡晃荡好像要倒下来，就让张青松给韩百山送去一碗水和两张烙馍。

韩百山想先让母亲吃喝，可是喊了几遍不见回声。他慌了，轻轻推了一下，母亲的头耷拉下来，老太太不知什么时候已经走了。

韩百山双腿一软跪倒在母亲面前，嚎啕大哭，我的娘呀，您怎么狠心撇下儿子啊……

张陈氏听见哭声，扔下镰刀，小脚一踮一踮地跑了过来。她先默默地诵了一会经，为老人超度，然后拉起韩百山，说这天太热，人死了不能放，赶快送回家安葬吧。

韩百山说俺那地方闹土匪，俺爹俺叔和乡亲们与土匪打了一仗，全都死了。土匪一把火把俺村子烧成焦土……

张陈氏明白了，眼前这个年轻人无家可归。她动了恻隐之心，抹着眼泪，指着河滩上一块还没开垦的地说，那地方头上有山脚下有水，风水不错，就把你娘埋那儿吧。你种上几棵树，日后也好找。

张陈氏喊来了张青松和几个本家，帮着韩百山把他母亲安葬了。韩百山先跪在坟前给母亲磕了几个头，转身又给张陈氏磕头，泣不成声地说，婶子，您老人家的大恩大德俺下辈子也忘不了。俺想在这儿给俺娘守孝三年。这三年俺给您做工，也算给您敬孝了。

故黄河滩上的土很暄，不用劲手指都能插进去，韩百山一头磕下去，碰到了藏在暄土里的一枚尖头石块，头上破了个洞，鲜血瞬间流了一脸。韩百山没有停下，又接着磕了两个头。张陈氏被感动了，说这孩子真实在。她想了想，点头答应了。

后来，有人说如果张陈氏当年不给韩百山送水送烙馍，韩百山就推着独轮车往东走了，也许累死渴死饿死在路上，就不会发生后来韩家和张家争地的事；也有人说张陈氏如果不让韩百山把死了的老人埋在那块地上，不同意他留下守孝，也不会给张家留下一个竞争对手。世上没有卖后悔药的，这些话说到底都是屁话。

　　韩百山在母亲坟的不远处，搭了一个窝棚。这就是韩家最早的老宅。前三年里，韩百山遵守诺言，在张家做工。每天天朦胧亮，他就到了张家，先在张陈氏门前磕三个头，问一声婶子早安。他不藏力不偷懒，脏活重活抢着干。张陈氏人前人后夸他有眼色。这孩子以后肯定能成大器，比俺家孩子有出息。

　　老太太对他疼爱有加，让他和张家人一个锅里搅勺子。老太太还几次张罗着给他说媳妇。他都以三年守孝期没到拒绝了。张陈氏对韩百山的偏爱，让张青松很是嫉妒。

　　韩百山是个有心人，也是个肯吃苦的人。他白天在张家干活，晚上回到窝棚那边也闲不住。三年过去了，河湾村的人惊奇地发现，那块地上不光长出了三棵柳树，还长出了一片绿油油的玉米。中国农村村有村名，地也有地名，张家的地因为大多是当兵的开出的，人们称之为军地。韩百山开垦的那几亩地，是张陈氏起的名，叫三棵树。

　　张陈氏那年已经走不动路了，夏收以后，韩百山把她驮到那块地上，用他开垦的地上种出的小麦磨成的白面做成烙馍，自己种的茄子、豆角和养的鸡做的乱炖，好好请她吃了一顿。第二天，张陈氏就去世了。

　　张家出殡时，韩百山也和儿女一样披麻戴孝拉哀棍。韩百山在张家已干了三年多。张陈氏去世后，他向张青松提出离开张家，去种自己三棵树那块地。张青松正在抽大烟，翻了翻眼皮说，三棵树那块地过去也是我家祖上圈过的，应该也姓张，是张家的。

韩百山不服气，说你祖上圈的地怎么没开垦？这块地里洒的全是我的血汗。张青松骂韩百山忘恩负义。说当初要不是我娘收留你，狗日的你早当了饿死鬼了。韩百山理直气壮，我婶子对我的大恩大德我姓韩的这辈子不忘。我还会让下辈子下下辈子也不忘。三棵树那地是我婶子给我安家立身的，谁也别想夺了去。

张青松经常朝城里跑。他一去，生意场上的朋友就把这个土财主朝金沟里拉。那是妓院集中的地方。一来二去，他喜欢上一个女人，娶她做了二房，不久就搬到城里去了，河湾的地和商店交给了两个弟弟。

他的大弟弟和韩百山同龄，性格近似，又都是顾家的男人，相处得不错。他大弟弟没再找韩百山说三棵树那块地的事，见韩百山是个孝子，人也能干，还把自己的小姨子说给韩百山做媳妇。娶媳妇得要房子，韩百山等秋收以后卖粮食换了些钱，把三棵树那块地搭的窝棚拆了，盖了几间草房，将媳妇娶回了家。

俗话说风水轮流转。张家的风水转着转着转到了韩家。

韩百山先后有了三男两女五个孩子，而张青松却只有一个儿子，还从小就有心脏病，干不了重活。张青松的两个兄弟，一个只有两个女儿，一个有一儿一女。河湾街上的人说，韩家把张家的风水给拐走了。不光是生儿养女的风水被韩家拐走了，财富也被韩家拐走了。

张青松娶的二房不是省油的灯，拉着他抽大烟、赌博，到了张守业父亲十二岁那年，张青松输掉了城里的杂货店和房子，二房也跟别人跑了。张青松一气之下，连续吐了两个月的血，两个弟弟闻讯把他接回河湾时已经奄奄一息。临终前，他对两个弟弟和张守业的父亲说，韩百山不是个东西，他不光抢咱的地还抢咱家的风水。

张青松死后，两个弟弟把家产进行了分割。张守业的父亲分到了三棵树邻近的十亩地。他父亲后来对张守业说过，我两个叔都不想得罪韩家，有意把挨着韩家的地分给我。我要是有本事把韩家三棵树那块地给弄过来，他们脸上有光，如果我没本事弄过来，是我不给祖宗争气。他们阴呢！

韩百山比张青松多活了几年。他临死之前，一边拉着儿子的手一边拉着孙子的手，千叮咛万嘱咐，让他们永远不要忘了张家大婶对韩家的再生之恩，清明节一定先给她老人家上坟。

韩金富的父亲比韩百山还能干。日本鬼子来那年，张守业的父亲因病去世，张守业刚刚十五岁，在小叔办的学校里上学，再说他也不懂农活，无力经营那十亩地，被韩金富的父亲收入了囊中。

张守业的小叔因为是中学校长，先期参加了抗日救亡活动，日本鬼子来后，他和一些人组建游击队需要资金，把自己名下的地也卖给了韩金富的父亲。

张守业的小叔不久去了湖西的抗日根据地。张守业的大伯带着家人到西南的重庆投亲戚去了。张守业的大姐跟着二叔走了，二姐五岁那年就病故了。无路可走的张守业被韩金富的父亲收留，在韩家当了一名看青的。

青是指没成熟的庄稼，看青就是看守庄稼不被人盗，不被鸟和害虫毁坏。张守业下地时经常碰见村里的老人，有的指着原来属于他家的地对他说，这里原来是你们张家的地，那里原来是你们张家的地，让他心里愤愤不平，想着总有一天能从韩家收回自家的地，振兴张家家业，光宗耀祖。

韩金富比张守业小一岁。他父亲一共有五个孩子，韩金富的大哥参加了张守业小叔的游击队。老二是女孩，十六岁那年就被韩金富的父亲嫁到连云港。三哥四姐在徐州城里上学。韩金富本来在张守业二叔办的学校上学，二叔一走，学校散了，韩金富也被他父亲留在家里。韩金富的父亲给他派的活比张守业的活还重，让他割牛草、晒饲料、跟着饲养员学养牛。

张守业和韩金富之间的关系相处不错，甚至比亲哥俩还亲。他们一起在地里挖个坑烤红芋，弄得满脸烟灰，像古戏里演的包公。他们一起下到故黄河里摸鱼捉虾，然后用捡到的日本鬼子丢弃的钢盔炖，虽然没有油盐酱醋却吃得津津有味……

有一次，张守业看韩金富累了，就帮他割了一篮草。韩金富的父亲知道后，让韩金富趴在地上，屁股撅起来，拿了根柳条要抽他。张守业也趴在地上撅起屁股，说大爷你要打就打我，是我和老五哥换的，他帮我看青，我帮他割草。

韩金富的父亲把他拉起来，抱在怀里，心疼地说，孩子，你哥俩一辈子都要像亲兄弟。

二

韩金富到了十六岁那年，他父亲张罗给他说媳妇。女方是河湾街上维持会会长的女儿，叫小朵。一家有势，一家有钱，亲事一说就成了。

韩金富结婚那天，张守业在地里哭了一天。凭什么韩金富娶媳妇，我张守业娶不上媳妇？他家的钱不是地生出来的吗？他家的地不又是我张家的吗？就这样，他怨恨起韩金富来。晚上，他和几个在韩家做活的去听房。听着韩金富和小朵的笑声，他心里愤愤不平，等听到小朵叫疼，他几乎怒火中烧了。那天夜里，他第一次手淫，梦见美丽的小朵被自己压在身下……

第二天早上，他假装生病没有下地，在院子里晒太阳等着看小朵。当他看见小朵第一眼时，就被小朵的美貌惊呆了。长长的辫子，黑黑的眼睛，红红的嘴唇，甜甜的笑容，高高的胸脯，圆圆的屁股，轻轻的脚步……一切都和在梦中与他做爱的女人吻合。他的下身腾地一下挺了起来。

这时，韩金富正好出门，挽着小朵向堂屋去给父母亲问安。他赶忙蹲在地上，叫着肚子疼，骗过了韩金富的眼睛。从那天起，小朵就在他的脑海里赶也赶不走了。不过，他知道要把小朵从韩金富怀里拉到自己怀里，首先要把韩金富家占得他家的地收回来。你地无一垄，房无一间的穷光蛋，人家小朵凭什么看上你！

大概是韩金富对小朵说过，张守业是他比亲兄弟还亲的兄弟，小朵每回遇上张守业，都冲他亲热地一笑。有一天下大雨，张守业从地里回来路上淋成个落汤鸡。因为鞋后跟断了，他光着脚在路上跑，几次滑倒，一脸一身都是泥。一进大门，正碰上小朵。

小朵看着他的狼狈相乐了，你咋跟孙猴子学会变了？你看看你，整个一个泥猴儿，好玩！

风水宝地

玩笑归玩笑，小朵说笑着拿来一件韩金富的衣服让张守业换上。她见张守业的粗布裤腰带沤断了，接也接不上，顺手扯下挂篮子的麻绳扔给了他。

张守业以为小朵喜欢上了自己。他自己找的理由是，韩金富没有他个高块大有力气，又是个跛脚。他越是这样想，心里就越不平衡，越有怨气，时刻在寻找机会把小朵拉到他的怀里，不，是他的床上。

不久，日伪淮海省成立，韩金富的岳父摇身一变，从维持会长当了县长，拉韩金富的父亲做商会会长。韩金富的父亲死活不答应，只让韩金富在县政府民政科挂了个虚名，并不去上班，也不办事。就这样，背地里有人说韩金富的爹当了汉奸，张守业听了并不否认。

韩家的地河滩上有，河弯里有，村东有，村西有，分成了好多块，远远近近。韩家在远的地方搭上一间草房给看青的住。房子一般搭在地的中间，尤其是高粱、玉米长起来后，看青的房子往往就自然而然地淹没在碧绿的海洋中。

那天晚上，张守业刚刚入睡，看青的一个伙计神神秘秘地跑来找他，说他有个亲戚在河弯的看青房里等着见他。他半信半疑，忐忑不安地跟着那人到了看青房。他见了来人大吃一惊：是韩金富的大哥韩老大。

韩老大问了家里的情况。张守业说你爹不是诚心当汉奸，是金富跟着他岳父跑，把你爹拉上跟着他背黑锅。他知道抗日队伍最恨汉奸，想借韩老大的手除了韩金富。

韩老大沉默了一会，问张守业敢不敢跟小鬼子斗？张守业挤巴挤巴眼皮，问韩老大怎么斗？韩老大这才把来河湾的真实目的给他说了。

河东县的日伪政权成立后，日本鬼子如虎添翼，抗日力量受到打压，湖西抗日根据地也受到威胁，上级派韩老大回河湾发展抗日武装，开展敌后游击战。韩老大单枪匹马回到河湾已经有一段时间，发展了一些抗日积极分子，但是没有武器弹药。他想到他父亲为了保家，曾购置了十几枝枪，于是就动了从他父亲那里弄枪的念头。

韩家有三个看青的人，其中孙秃子和另一个已经被他发展，剩下张守业。张守业一听，急了，他说我张守业抗日比谁都积极，你不能撂下我。韩老大问他能不能弄几支枪出来。他说韩家的枪在金富那管着，弄枪得先把你弟弄了。韩老大说金富也不一定就真心跑日本人。我了解他。这样吧，你明天晚上这个时候把他带这里来，我先摸摸他的底。

让张守业想不到的是，韩金富与韩老大见面后，不仅给了抗日游击队十枝枪，还给了些钱。枪是张守业和孙秃子亲自杠着给韩老大送去的。

转眼到了第二年秋末。小朵的肚子大起来了，张守业连她的手还没碰过。他每一次在夜里手淫，脑子想的女人都是小朵。白天看到小朵，眼里冒出的全是渴望和欲望。韩金富的父亲猴精，早看出了张守业的心思。老头子脑筋一转，想了个主意。

一天，他把张守业叫去，对他说要给他说一房媳妇。张守业说我是个穷光蛋，有谁愿意跟我过日子？韩金富的父亲说已经帮他安排好了。你家那两间草房，我让金富找人拾掇过了，被子褥子，连锅都给你支好了。给你说的媳妇是对面河北的，人家父母要见男的家长，我就当了你一回爹，和他们家长见了面，把日子定下了。张守业感动得要磕头，被老头子拦住了。

进了洞房，张守业掀开蒙在新娘子头上的红头巾，才发现新娘子满脸黑麻子，一只眼大一只眼小，血丑，与小朵比简直就是乌鸡凤凰。他又气恼，加上喝了点酒，扒下那女人的裤子就干。一边干嘴里一边念着小朵的名字。第二天凌晨，韩老大派人来找他，说是要送一些抗日积极分子去湖西根据地，问他去不去。他二话没说，也没给媳妇告别就离开了家。

张守业是在淮海战役中负的伤。他的右腿被穿了个洞，骨头断了，成了跛子。伤好后，部队征求他的意见，问他是留在刚解放的城里当干部还是回老家，他没假思索，回答说回老家。于是，他拿着一纸介绍信回到了河湾。他还带回一架望远镜。刚刚成立的区人民政府缺干部，尤其是缺乡一级的干部，任命他做了乡土改工作队的队长。

让张守业有两个没想到。第一个没想到是他新婚那天晚上就和媳妇睡了一次，媳妇竟然给他生下了个儿子，见了他能叫大大，这让他大喜过望。第二个没想到的事却让他差点气炸了肺。

原来，他回来的前一年，韩金富的父亲去世。当时还在打仗，韩金富把他父亲的尸体放在地窖里，尸体周围放了冰块。仗一打完，他就动工在三棵树大兴土木，建造墓园。

知情人说，韩金富父亲的最后两年就有在三棵树建墓地的打算。他说三棵树的风水好，在那建墓地可以保佑韩家子孙平安。他花钱从城里找人设计了墓园的图纸。

河湾一带是平原，距最近的山有上百里路，他专门在山上买了一块地方用于开采砌墓园用的石头，还在几百里之外订了几块大理石准备做碑用。不过，那两年战火连绵，干干停停，到他咽气还只是个雏形。韩金富是个孝子，怎能违背父亲的遗愿？他造的墓园气派很大，光土地就用了整整五亩。

可是，墓园刚刚动工，土地改革开始了，韩金富家毫无疑义地被内定为地主。村土改工作组拿不准该不该让他继续造墓园，请求到了乡土改工作队，也就是张守业那里。

张守业觉得这不是件小事。你想，一个大地主在土改开始之际，占了地给他家祖宗造墓园，明摆着是在对抗土改。他拿起望远镜，登上高坡向三棵树方向看了半天，当时黄河故道上有雾，什么也看不见。他嘴里嘟哝着，什么破玩意，还望远呢！他背上盒子枪，气势汹汹地到了三棵树那块地上，命令正在施工的停下来。

施工的农民拿着韩家的工钱，当然不听他的。他一气之下，掏出盒子炮冲天放了两枪，施工的人吓跑了一半。他叫上村土改队的几个人，拿掀的拿掀，拎锤的拎锤，三下五除二把墓园砸了个稀巴烂。

韩金富闻讯赶来，一见面就冲他发火，张守业你什么玩意？这是我韩家的地，我想在上边盖什么就盖什么，你凭什么让停下？韩金富左腿跛，张守业右腿瘸，两个人一道走路，一个东倒，一个西歪，有人戏称河湾村有个东倒西歪。不了解的人还以为东倒西歪是一个人的绰号。从回到老家起，张守业只要是和韩金富见面，总要挺直腰板，把身体的重心尽量让左腿撑着。

张守业把身上背的盒子枪拍得很响，说，我今天告诉你，你已经被定为地主，你们家的地也要被土改分给贫下中农。你在贫下中农的地上造坟是什么意思？

　　韩金富说你放屁，我怎么就成了地主？

　　张守业用手指着四周，咄咄逼人地说，这是你家的地吧？那是你家的地吧？初步拢了一下，你家有地三百多亩，在河东县排不上第一也得在前三，还不是大地主？你就给我老老实实点吧！

　　韩金富一下蹦起来，跳到张守业面前，指着他的鼻子骂道，张守业你个狗日的安的什么心？难道你真不晓得这地有我大爷我叔的还有我哥我姐的？

　　张守业一把抓住韩金富的衣襟，一手握紧拳头高高扬起，韩金富你个大地主，老子告诉你，领导说过，过去地主骂贫农，贫农吃哑吧亏，现在解放了，地主骂贫农，贫农可以揍他！说着就给了韩金富一记重拳。

　　韩金富腿跛，身子又瘦弱，加上张守业这一拳头用力过猛，被打倒在地上。他气急败坏，骂得也凶，张守业你个狗日的坏种，你敢告诉我是哪个领导说得这话，我去找他！

　　张守业冷冷一笑，说，毛主席朱总司令说的，你去找吧！

　　有人把韩金富拉起来。韩金富拍拍屁股上的土，不服气地说，毛主席朱总司令不会说这种话，是你狗日的编的。你不要当了几天兵打了几个仗就耍威风。你当兵是我大哥带出去的，我大哥现在还在部队上。我爹死前留下了字据，我家的地有我大哥一份，我写信问问他你给他戴地主帽子，看他不弄死你！

　　张守业听韩金富一说，有点晕了。他对土地改革的政策了解不多，像韩老大这样在解放军队伍里当了副师长的还划不划成分，他们的地还收不收？他掏出旱烟袋，假装抽烟，蹲在地上连抽了两锅子，把烟锅朝鞋底上一磕，站起来边走边说，我反正警告你不要再建墓园了。你要是再建，出事自己担着！

回到乡里，张守业让已当了乡长的孙秃子端碗老白干到他屋里拉拉呱。那个时候的乡辖区小，只管着几个村，和县一级中间隔着区一级，孙秃子乡长不是脱产干部，而且年龄比张守业小，党龄比张守业短，对张守业很尊重。

张守业没说话之前先叹了半天的气，喝了半碗酒。孙秃子说你先别急着喝，我去找下酒的。实际上，他是出去找和张守业一起去河湾的其他土改队员，向他们了解张守业叹气的原委。当他听说张守业和韩金富干了一架，心里也没了底。

打淮海战役时，孙秃子管着支前，经常去找韩金富。韩金富非常积极，要什么给什么，大车、平车、独轮车，牛马猪羊、小麦、玉米……他曾亲手把支前模范的红旗挂到韩金富家的大门上。韩金富还是军属烈属双占着，大哥在军队里当副师长，四姐在湖西反扫荡时牺牲。像韩金富这种家庭情况，别说在河湾，就是在河东县也很典型。

孙秃子明白张守业喊他喝酒的目的了，保准想让他支持他对付韩金富。他一时犯了难。犯了难也得见张守业，张守业已经提着他的名字叫他了。他想了想，又端了一碗酒。

果然，张守业把同韩金富打架的事给孙秃子说了，最后反复强调韩金富是在对抗人民政府。孙秃子只是陪着笑，夸张守业阶级立场坚定，斗争性强，至于如何对付韩金富，让不让韩金富建墓园，则一个字没提。这中间，他想着法儿劝张守业把第三碗酒也喝了。不一会，张守业就烂醉如泥。他安顿好张守业，到乡办公室给区长要了个电话。

风水宝地

区长说拿不准，等向县长请求以后再答复。

第二天一早，县里区里都来了人，把张守业和孙秃子乡长叫到一起，宣布了县里的决定，张守业私自开枪，还打了人，违反了纪律，撤销乡土改队长职务；韩金富是地主，地主的土地要没收分给贫下中农，所以韩家的墓园必须停下来。

张守业心想，一定是韩金富个狗日的告了老子的黑状。行，土改队长我可以不当，你韩家的墓园我要亲手拆了。他当即表态支持县里区里的决定，但要求参加拆除三棵树韩家墓园。

县、区来人原以为张守业会仗着自己打过仗负过伤，不接受处分，没想到他配合得这样好，再说他参加拆除韩家墓园的要求也无可厚非，就答应了。

张守业于是叫来土改队的队员，举着红旗，敲锣打鼓，气势浩荡地去了三棵树。县里来人向韩金富宣布了县政府的正式决定，同时还告诉他，县长给他大哥通了电话，他大哥明确表示和地主家庭划清界限，不支持建墓园。韩金富听后两眼发直，面无血色，大叫一声，吐了一口鲜血。

张守业带着土改队员，把韩金富建了一半的墓园给拆除了，不过，韩金富祖上的坟墓没有动。他不敢动，在故黄河一带农村，挖坟被看作是缺德的事，挖人家祖坟更是要遭天打雷轰的。

韩金富一气之下生了场重病，土改分他家土地时，他也没露面，而是让家里人把地契交到了乡里。张守业虽然被撤销了乡土改队长职务，可上级并没有不让他当村干部。他回到村里当了贫协主席。孙秃子受他的牵连，也被撤销了乡长职务，回村当了民兵连长。

没事的时候，他就解开小朵给他当裤腰带用的麻
绳，在手腕上缠过来缠过去。

三

张守业最失望的是，回来以后一直没见小朵的面。熊地主娘们钻
哪个窟窿里去了？他想打听，又不敢说出口，一是怕贫下中农骂他想
着地主婆，一是怕自己的老婆跟他过不去。

没事的时候，他就解开小朵给他当裤腰带用的麻绳，在手腕上缠
过来缠过去。他到部队后发了军腰带，可是他不舍得把小朵给他的麻
绳腰带扔了，一直系在军腰带的里边。他每次解大便时，都把那条腰
带捧在手上看看，心里就会浮现小朵甜甜的笑容。

他在淮海战场打仗最激烈时，右腿突然疼了一下，知道负伤了。
当时卫生员不在，部队配发给他的绑带也给战友用光了。他灵机一动，
解下麻绳把伤口处缠住，止住了流血。卫生员后来对他说，是这根麻
绳救了你一命。从此，那条带血的麻绳更让他爱不离腰。

孙秃子会揣摩人。他从张守业没事就低头摆弄麻绳裤腰带的动作
和神情，猜出了张守业的心思。不久，孙秃子对张守业说，韩金富私
下里发牢骚，说三棵树上的墓地他会重建，即使他这辈子不能重建，
儿子孙子也会重建。

张守业哼哧一下鼻子，熊地主羔子大白天做梦，不怕鬼缠身！

孙秃子问要不要开韩金富的批斗会，张守业含着烟袋嘴子想了一
会，摇了摇头。

孙秃子说韩金富最讲面子，你一开会斗他，他就老实，就会把小
朵招出来。

张守业用旱烟袋头冲孙秃子的光头上敲了一下，你小子别你娘的

想小朵的好事，小心我抽你的筋扒你的皮！

孙秃子诡异地笑笑，我还不是怕你得了相思病。

春节快到了。那是解放后第一个春节，翻了身的人们热热闹闹欢庆。河湾所有能拿出手的传统节目都上了，踩高跷、扭秧歌、舞狮子……张守业爬到自家院子里的老槐树上，用望远镜看着街上欢腾的场面，心里竟然有点儿沮丧。就在他准备从树上下来时，望远镜里出现了一辆马车。

这辆马车从远处而来，虽然是寒冬腊月里，马的身上却冒着热气，明眼人一看就知道跑得过急。马车上拉着一个用棉被裹得严严实实的东西，好像不停地在动。

他心里奇怪，莫非是区里来给贫下中农送猪羊？可昨天已经送来，被屠杀后分到了各家各户，有的人家已剁成了饺子馅。他又仔细看了看才恍然大悟，车上拉的是人，而且是个抱着孩子的女人。他的心跳突然加快了，胸口感觉热哄哄的。是小朵回来了！

果然是小朵回来了。河东县解放后，小朵的父亲因为当过日伪县长，后来又做过国民党的县党部书记长，怕人民政府秋后算账，吓得带着家小跑到鲁南山区一个土匪那里躲了起来。小朵那几天正回娘家，被父亲连哄带骗拉上走了。

一个月前，小朵生下了小女儿。山里缺粮少衣，加上人民政府围剿力度不断加大，她父亲权衡再三，带着一家老小走出山沟投案自首。鲁南那边安排了人和马车，把小朵送回了河湾。

小朵和小女儿的回来，让韩金富既惊喜又高兴。他说人民政府真是好政府，就冲这一点老子也认他。小朵让他给小女儿起个名字，他脱口而出地说就叫欢庆！

对于小朵的回来，张守业心里的高兴和激动劲儿丝毫不比韩金富差。那天中午，他的酒量大增，一个人喝了半瓶老白干，仗着几分酒兴，让孙秃子跟他去韩金富家。他对孙秃子说，今年冬天比往年冬天冷，有的人家孩子还没有棉袄，咱去韩金富家看看还能不能让他拿点棉花出来。孙秃子心里笑他会装蒜，不就是想见小朵吗？

小朵见了张守业还是没生分，说你怎么出溜成小老头了？见韩金富瞪她，又笑着说肯定你是操心多，老得快。张守业想说我是想你想的，又碍于韩金富的面子没说出口。

少妇小朵比起少女小朵别有一番风韵，头发变短了，雪白的脖颈更耀人眼；脸瘦了一些，两个酒窝更逗人；为了给孩子喂奶方便，衣服没有系扣子，松软的乳房随着身子的一举一动摇晃，仿佛冻得发抖的小白兔，让人忍不住想抱抱……

张守业故意敞开怀，露出系在腰上的那根麻绳。小朵早已把那根麻绳的事忘到九霄云外，连看也没看一眼，让他心里很恼火。出了韩家的院子，孙秃子低声骂了一句，这熊地主婆变得骚了。张守业嘿嘿一笑，表示赞同孙秃子的评价。

往后几年里，韩金富的确表现非常出色。抗美援朝，他捐出了家里的两头牛；三反五反，他是运动积极分子。他在街上打点杂货店，小朵既要带孩子，还得伺候三棵树那几亩地。那几亩地是土改时给他家留下的，而张守业土改时分的地也在那里，两块地连着边。小朵下地干活常常和张守业两口子碰上。

张守业的麻子媳妇虽然在别人面前大大咧咧，甚至有人说她张牙舞爪，在小朵面前却低声细语，态度和蔼可亲。小朵的孩子小，有时忙不过来了，麻子媳妇还主动上前帮手。农忙的时候，下地的人都是在地头吃午饭。到了逢集的日子，韩金富在店里忙起来，不能及时给小朵送饭。麻子媳妇送饭就多送一份给小朵。

当了民兵连长的孙秃子几次提醒张守业，说你媳妇和小朵走得太近了对你影响不好，她是地主婆，和咱不是一路人。麻子媳妇知道了，骂孙秃子浑身上下里里外外就头顶那一片亮。都是种地吃粮的，怎么就不一路了？

其实，张守业有好多次和小朵单独接触的机会，好多次实现自己梦想的机会。夏天在地里耪豆子，小朵不像他麻子媳妇那样光着上身，但也时不时地撩起衣服擦汗，露出雪白的肚皮和两只大奶子。

在地里干活的男人，小便时转个身掏出家伙就尿，最多跑到树后边回避一下。女人会跑到地塄沟里，或者找个有草窠子的地方。不过，地塄沟一般挖得都不深，屁股会露出来。小朵的屁股就多次出现在张守业眼前。

还有几次，中午吃罢饭，麻子媳妇收拾一下回去了，张守业在树下乘凉。小朵躺在地上，让小女儿骑在她身上玩大马。玩着玩着，小朵和小女儿就睡着了。那时，张守业想下手易如反掌。

有一次，他也的确爬到了小朵跟前，掏出了自己下身的家伙，可是伸手去解小朵的裤腰带时，手却不听使唤，一个劲儿地抖，没碰着小朵的皮毛却碰到了她女儿的眼睛。她女儿哭了。她醒了。张守业忙掩饰地说是听见她女儿哭，想帮她哄一哄。小朵脸红了。她看见了张守业下身那个蠢蠢欲动的家伙。她没挑破，说我们家金富没看错，你那时候上边干部下乡都是走村串户，深入田间地头。

是个好人。

转眼到了合作化运动，韩金富跌了个大跟头。他拧着头皮不愿意把三棵树的几亩地入社。他说那地上有他的祖林，还把他爷爷埋的地界石也搬了出来。这一下把孙秃子激怒了，张守业也恼火了。

熊地主羔子看上去老老实实，原来心里时刻想变天。一个贫协主席，一个民兵连长，当着村里半个家。这两个人一联手，哪有韩金富的好日子。韩金富被大会批小会斗，整得死去活来，地入了社还不算，杂货店也归了公。

人民公社成立后，大队、生产队也相继成立。孙秃子还当民兵连长，张守业还当贫协主席，两人都是班子成员。

国庆十周年前，县里拥军优属团到了河湾。那时候上边干部下乡都是走村串户，深入田间地头。一个南下的干部在地里遇见正在赶着牛耕地到张守业，一面夸他阶级觉悟高，一面提出要照顾他这样的革命伤残军人。不久，张守业被调到公社兽医站当了一名牛行人，而且转为吃商品粮，也叫国家计划。那个时代，吃商品粮的都统称为公家的人，公家的人被人高看一眼。

牛行人的职业，说白了就是现在的市场监管和质量检验，保证做牛买卖的双方交易公平。张守业干了两年三个月，在圈子里颇受好评。后来，私人养牛被禁止了，牛行的生意也渐渐没了。张守业在牛行看了几个集日的牛撅子，觉得索然无味也就不去了。没人免他的职，也没停止供应他的商品粮，他还是公家的人，生产队不好给他安排活，孙秃子说你就干看青老本行吧。

张守业看青成了人精。他看见玉米地里有玉米杆在晃动，能准确判断出是被风吹动还是偷玉米的人撞动。如果是有人偷玉米，他还能准确指出偷玉米的人往哪个方向逃，一堵一个准。

孙秃子不服，说他是靠望远镜帮忙。有一天傍晚，张守业从三棵树那块地上过，发现红芋地墒沟里有一块鸡蛋大小的红芋。他敏锐地意识到有人刚刚偷了红芋。那些日子很多人家的粮食断了顿，不少人逃荒走了，胆子大一点的就下地偷青。

县里公社里连续开了几次紧急会议，要求各大队生产队提高警惕，严防死守，绝不能让阶级敌人趁火打劫，兴风作浪，破坏社会主义大好形势。张守业那段日子里已经抓了十几个偷青的人。

一开始他对那些偷青的人怀有敌意，认为他们私偷集体的财产是不光荣不道德的事，所以不管那些人怎么求他，他都不心慈手软，坚决把他们送到生产队处理。

随着偷青的人越来越多，他的警惕性也越来越高，有时干脆在地里过夜。直到那天他追上了在三棵树偷红芋的小朵，思想才真正起了变化。

小朵出来没敢拎篮子，那样太明显，被看青的民兵拦上一查就露出马脚。她把偷的几块红芋藏在裰子里，这样就可以大模大样地走回家。肚子大了点是吧，腰粗了点是吧，对于女人来说不很正常吗？我怀孕了怎么着，还能不兴怀孕？只要那些民兵不碰她的身子，就查不出她偷了红芋。可是，裰子里突然塞了几块红芋不光不舒服，走路不能迈大步，掉了块红芋也不能弯腰去拣，一弯腰都会掉下来。她刚走到三棵树地头，被张守业拦住了。

小朵毕竟心虚，不敢用眼睛与张守业对视，只是看着自己高高隆

107

起的肚子。火眼金睛的张守业一眼就看出小朵的肚子有问题。他不便
去检查，就让小朵自己把褂子里的东西掏出来。

张守业说你怎么也做起贼来了，不晓得抓住就得受罪？小朵突然
笑了。她笑得很凄凉，很无奈，同时也很悲壮。那一刻，老天爷好像
被她的笑声感染，瞬间黑云密布。张守业看小朵的面孔，也由清晰变
模糊，唯独两只泪光闪闪的眼睛还很明亮。小朵说你以为我想做贼呀？
但凡家中还有一口能填饱肚子的东西，谁也不会来丢人现眼。你是公
家的人，有商品粮吃着，当然不会干这种事。俺一家老小可是几天没
进一口粮食了。老五饿得浑身浮肿，躺在床上下不了地，大儿子带着
小儿子逃荒走了，欢庆，欢庆……

欢庆她怎么了？张守业着急地问。

小朵说话的力气渐渐弱了，欢庆再不吃一口饭，小命就没了。她
昨天夜里对我说，娘啊，我的肚子是不是透气了？

小朵哭了。张守业也流泪了。其实，小朵说的情况在他家早发生
了。过去，他家只有他一个人吃商品粮，每月二十八斤，经常从家里
带些粮食补贴。他大儿子考上师范后，也转吃商品粮。那个年代，只
要考上中等专科以上的学校就等于是公家的人了。可是，家里还有两
儿一女，他那点商品粮不够一家七口吃几天，麻子媳妇和儿子女儿已
经喝了几天菜糊糊。他突然明白了，人的生命比他所获的那些荣誉更
有尊严。

他回到红芋地里，一口气从地下扒拉出十几块红芋，用自己的褂
子包了，又解下小朵当年给他做裤腰带的麻绳扎了口，递给小朵，说
你快走吧！

　　小朵一下子跪在地上，俺一家忘不了你的大恩大德。她掏出一只玉烟袋嘴，递给张守业，说这是金富用的。他让我拿了换点吃的，哪怕一张豆饼都换。张守业接过看了看，揣在腰里。

　　第二天晚上，小朵又来了。张守业早就料到她会来，已经帮她挖好了几块红芋。他嘴里含着小朵给他的玉烟袋嘴，津津有味地抽着。

　　小朵没先动手装红芋，而是干净麻利地脱光了衣服，朝地上一铺，自己往上边一躺。

　　张守业被小朵这一连串动作吓得目瞪口呆，心中惶恐不安。你，你这是干嘛？

　　小朵说，我知道你心里早就有我。来吧，我今天就让你好好玩个痛快。

　　张守业什么也没说，转身就走。一路上他不停地抹眼泪。他回到家里，一气喝干了一瓶老白干，然后拉过被子蒙头大睡。第二天，他没有下地去看青。

　　半个月后，小朵出事了，而且又是在三棵树偷红芋时出的事。

　　那天小朵在三棵树地里偷红芋被张守业拦着，虽然张守业放了她，可是，第二天孙秃子就发现红芋被盗了。他觉得好生奇怪：这里不是张守业看的吗？怎么会被人偷了呢？偷青者胆大包天，一连拔了好几棵，不下十斤。按说算是大案。他不好去问张守业，又不好挨家挨户地搜查，最后决定用放长线钓大鱼的办法找出偷青的人。

　　小朵把那十斤红芋拿回家里，和野菜拌着煮糊糊，吃了十天就吃光了。没有办法，她只好又去三棵树去偷红芋。没想到这一次出去遇见了守株待兔的孙秃子。

孙秃子不是张守业，他直截了当地和小朵谈起了条件。你小朵要是想让全家人天天吃上鲜红芋，就得依了我。你要是依了我，我天天挨傍黑在这等你。我帮你挖好红芋，把你送到你家门口。

小朵开始不答应。她说就你秃熊样，还想占老娘的便宜，也不撒泡尿照照自己。孙秃子摸着自己的秃顶说，我不逼你也不求你，你自己看着办。小朵哭了一阵子，把眼睛一闭：孙秃子你不得好死！

孙秃子得逞后，也很守信。他刨了五块红芋让小朵带回家，小朵想多要几块。他说你家几口人我清楚，一人一天一块。我要给你一人两块你明天就不来了。

孙秃子没想到刚到第五天事情就暴露了。他正和小朵在三棵树红芋地墒沟里干那种事，被另外几个民兵抓了个现行。当晚，他和小朵一起被送到公社。

公社把孙秃子定为腐化变质的坏典型。小朵呢，当然是拉拢腐蚀贫下中农的地主婆。两个人被戴上高帽子，在全公社挨个大队游斗。

张守业得知这事后气得吐血，一下子病倒了。他已经在县城当老师的大儿子回来看他，对他说这就是阶级斗争新动向。

他开始心里还不接受。他儿子就给他读报纸，报纸上把阶级斗争提到了很高的高度。他终于相信，小朵是受韩金富这个当年的大地主指使，用色相拉拢腐蚀贫下中农中意志不坚定的分子如孙秃子，达到破坏生产、破坏红色政权的目的。他庆幸自己没有上小朵的当，同时也对小朵产生了阶级仇恨。

孙秃子不久患了大病一命呜呼。小朵回到河湾后又被批斗了十几场，最后安排她打扫全大队的茅房。此后，张守业再见到小朵，都是尽力回避。渐渐地，小朵在他的心里死去了。

四

俗话说，成也萧何败也萧何。张守业和韩金富都没有想到，韩金富的一段特殊经历，让他在八十年代摇身一变，成了河东县第一批"万元户"。

上个世纪七十年代，河湾还很穷，生产队买不起麻袋装粮食，就派人在城里走街串巷收旧麻袋，回来缝补缝补装粮食用。这种收破烂的活贫下中农当然不能干，过去是韩金富和另一个地主干，他孙子韩三树失学后，就跟着韩金富干这个活。

韩三树和张守业的孙女张四清是小学和初中同学。他们初中毕业那年，由贫下中农推荐入学的政策还没改，韩三树是地主的后代，当然没有推上。他跟着爷爷到城里收旧麻袋，一天比贫下中农少两个工分。

他们爷俩在城里没亲戚朋友，生产队也不会出钱让他们住招待所，就在一家宾馆的墙旮旯里，用几根木棍支了个架子，上边搭上几顶破席子栖居。

韩金富那时快六十岁的人了。经历了六十年风风雨雨的人，对世事看得比较透。他经常对韩三树说，吃点苦受点难，对人的成长好。韩三树每次听爷爷说这句话，就会拧着脖子，回答说那得看吃到什么时候。

有一回，韩三树问韩金富，咱家过去是不是有很多地很有钱？韩金富沉默了一会，点了点头。韩三树又问是不是张四清的爷爷带人把该富的不但要有福气，还得有智慧。

咱的地抢走了？韩金富生气地打了孙子一巴掌，听谁瞎胡说！张四清的爷爷凭啥把咱的地抢走？那是政策。

夏天的晚上，棚子底下热，蚊子嗡嗡乱飞，旁边一条城市排水沟的臭气直往上冒。爷孙俩睡不着，韩金富就带着韩三树在附近溜达。一些居民在屋里热得睡不着，在大街两旁凉快。女人们一般都穿戴整齐，三五个坐在一起，互相摇动着大蒲草扇子扇风取凉，说着家常里短。上了年纪的女人才敞着胸，大胆地露着摇摇欲坠的奶子。男人们则不管老幼都穿着裤衩子，有的三五成群地围着下象棋、打扑克牌。

韩金富是下棋高手，年轻时还拿过河东县象棋比赛的第一。他喜欢转象棋摊，到了危局的时候常常出手不凡地指点一下，让危局方化险为夷。慢慢地，收破烂的老韩的棋艺就在那条街上出了名。这个约他一比高低，那个请他做高参。开始是以棋会友，渐渐地混熟了，有人把他当朋友，请他喝个小酒。

韩金富也不白吃白喝人家的，每次回家来，走时都和韩三树带上一些自家晾晒的豆瓣酱、盐豆子，生产队分的大蒜、土豆、西瓜等等。

后来，韩三树给人讲过，该富的不但要有福气，还得有智慧。我小时候跟着爷爷在城里，看爷爷给人家送这送那，家里能拿出手的宁愿家里人不吃也拿了送人，心里还不高兴。后来，爷爷交了很多城里的朋友，我才明白我爷爷那就是一个聪明才智，能人！

韩金富的城里朋友的确给他帮了忙。有一个在废品收购站工作的棋友，卖了一批废品收购站正规渠道收购的麻袋给他，整整一马车。他所在的生产队用不完，又一条麻袋加几分钱卖给了别的生产队。队里赚了一笔钱。这还不说，城里有的棋友送给他的烟酒，他一大半转送给其他棋友，剩下的拿回来偷偷送给生产队长、会计。队长和会计当然心花怒放，到了给地主摘帽的时候，积极主动帮韩金富上报材料，使韩金富第一批摘了帽。

不久，实行了联产承包责任制，韩金富和韩三树并没有回家里种地，仍然在城里收麻袋。不过，他们不是给生产队了，生产队已经从历史舞台退出。他们是卖给农民、粮管所和粮食加工企业。

韩金富前些年利用生产队给他创造的条件结交的城里朋友，这时候给他很大帮助。河湾村的乡亲如同看变魔术一般看着韩金富致富，眼花缭乱而不知其中奥秘。

他们先是见韩金富爷孙俩开上了一辆红色波兰乃茨，不久又换成了一辆上海产的白色桑塔纳。韩金富曾拍着小轿车，亲口对人说，过去我爷爷我大大乘坐马车都感觉很威风，和这车比起来，整个一个屎壳螂和蚂蚁比赛。张守业听后，气得几天没吃下饭。

张守业的孙女张四清大学毕业后分配回到河东，在县经委工作。她参加的第一个全县性大会，是"勤劳致富先进个人表彰大会"。她一进会场，就被会场内外的气派和气势震惊了。

从县委县政府大院到大礼堂约两公里，两边是由中小学生组成的鲜花夹道，据说县城的中小学全部停课参加。大礼堂门前，全县各乡镇派出的锣鼓队、唢呐队、秧歌队、舞蹈队欢呼雀跃，有人说比当年解放军进城时还要热闹几倍。

大礼堂设置了两个入口，一个是与会人员入口，另一个铺着红地毯的入口，是给勤劳致富先进个人专门设置的，就像现在机场的贵宾通道。礼堂里挂着彩旗、飘带，一面墙壁上则挂着全县十大致富先进个人的巨幅照片。她一眼就认出了韩金富和韩三树，心想，十大人物里韩家占了两个，真不得了。

大会在鞭炮、锣鼓声中开幕。县委县政府主要负责人全部到会，十大先进人物和县委县政府领导一起坐在主席台上。县长宣读了表彰名单。县委书记在"重要讲话"中强调，被表彰的先进个人，是致富带头人，是全县人民的榜样……

代表勤劳致富先进个人发言的是韩三树。他佩带着鲜花、绶带，精神焕发地走到发言席。他的讲话稿是县政府秘书科给写的，稿件中有一些他认不清的字，不时读错，"披荆斩棘"被他读成"披草斩刺"，连"未来"也被念成"未来"。

起草稿子的人可能考虑到他第一次在这样的场合讲话，煞费苦心地在容易引起高潮的地方加了括号，以给他提示。有两处用括号注明（此处暂停，鼓掌）。没想到他照葫芦画飘地念道，前括号，此处暂停，鼓掌，后括号。会场上爆发出一阵嘲讽的笑声，人们鼓起倒掌。主席台上一位领导小声对他说括号里不用念。他以为领导在给他指示，跟着说括号里不用念了。台下的人笑得前仰后合，主席台上有几个领导也捂着嘴笑。

散会后，张四清在礼堂门口遇见了韩三树。她一本正经地对他说，三树哥，你别光忙着发家致富，趁着年轻也找个函授大学学学。韩三树不气不恼，说那你就帮哥哥联系联系吧。

张四清当了真，四下打听起函授大学招生的事。没想到过了两个月她再见到韩三树时，韩三树告诉她，他已经大学毕业了。她不解，问，你是速成大学啊？韩三树得意洋洋地笑着回答，现在有钱啥事办不成？你以为还是贫下中农说了算的年代？

张守业知道韩金富爷孙受表彰是在几天后。那时河东县电视台还没成立，但县委机关报《河东报》已经创刊。报上的头条刊登了勤劳致富十大先进人物的照片。张四清回家时带了一份，高高兴兴地让他看，还告诉他，全河东县表彰十个人，咱河东占了两个。

张守业看了十分生气，骂变天了，地主翻身了。张四清劝慰他说，爷爷，这是党的政策，是为了国家好，百姓好。再像过去那样天天搞阶级斗争搞政治运动，老百姓什么时候能富起来？

张守业在院子里呆呆地看着天，嘴里不知咕哝些什么。那一天，他一口饭也没吃，一滴水也没进。

与张守业相反，韩金富把全家人招集到一起喝酒庆祝。第二天小朵给邻居说，韩金富多喝了几杯，指着报纸上县委书记和他握手的照片，高兴地说，三十年河东三十年河西，现在致富又成光荣的事了。他说我三十多年前也是靠勤劳致富的。我七八岁时，我爷爷我爹就赶我下湖割草。他上中学的小孙子不信，说，书上说地主老爷都在家享福，用鞭子、棍棒、刑具逼迫穷人卖命。爷爷你是地主还干活啊？爷爷骗人！韩金富听了，一脸麻木，半天没说话。

其实，小朵没把后边的话往外说。当时，韩三树照弟弟的屁股踢了两脚，骂他，你懂个屁，书上写的能信？三棵树那块地就是咱爷爷的爷爷开荒开出来的。不勤劳不干活，富还能飞来?! 韩金富听韩三树提三棵树，长长地叹了一口气。韩三树看出了爷爷的心思，说，爷爷你放心，三棵树这块地，早晚还得归咱。

这些话小朵敢向外说吗？当然不敢。她毕竟在阶级斗争年代经过风雨见过世面。过去每次政治运动，韩金富挨斗，她都跟着陪斗。韩金富戴高帽子，她也戴。韩金富脖子上挂一块"地主分子"的牌子，她脖子上则挂一双破鞋。就因为一句话，韩金富和她挨批斗的事发生过太多次了。

七十年代有一次，韩金富在城里收破烂回来，见路上有几摊牛粪，就用一只破麻袋包上带了回来。路经三棵树，他把牛粪埋在了地里，被一个社员看见了，向大队举报他偷偷在地里埋东西。大队一下子紧张起来。这个地主分子埋的啥东西，炸弹、地雷？抑或是财宝、变天账？

那次不仅是张守业的民兵营出动了，公社的公安助理、武装部长都来了，出动拖拉机把三棵树翻了个底朝天，地里已经发黄的麦子全被毁掉。韩金富、小朵和全家都被关在大队部审查，彻底交代罪行。

韩金富再三解释是几摊牛粪，没有人相信他的鬼话。后来，县公安局的破案专家来了，看了现场，检查了韩金富用来包牛粪的麻袋，最后一锤定音：韩金富埋的不是炸弹、地雷，也不是财宝。

张守业坚持认为韩金富没这些问题也有别的问题。韩金富为什么不把牛粪放在别的地里，而是放在三棵树？尽管三棵树也是队里的地。他就是想着反攻倒算。最后，韩金富又挨了一场批斗才算完。

这个熊地主羔子天天翻变天账，梦里都想把三棵树弄到手。张守业不止一次在大会小会上说，还给自己家里的人说。张四清那时虽然小，但学校里经常开忆苦思甜会，讲阶级斗争，课本里也充满了这些内容，所以，她懂得变天账的意思。八十年代初分承包责任田时，韩金富提出要包三棵树那块。时任的生产队长答应他了，可张守业不同意。他说，让韩金富包那块地不等于把土改没收他的地又还给了他？
那咱当初搞土改干啥？

那时地主富农摘帽了，贫下中农协会撤销了，民兵也解散了，他
也就没了任何职务。他的话队里当然没人理会。无奈，他向队干部说，
你们要是把三棵树的地分给韩金富，我就在三棵树上吊死！

这样，干部们也不敢坚持把三棵树的地给韩金富承包。他张守业
毕竟是复员军人、革命残疾军人、老贫农，又是村里的老干部。

张守业在三棵树分了一亩地。搞土地承包时，队里把远的近的、
河滩外河滩内的相互搭配，有的一家四口人，地在七八处。三棵树是
块肥地，切成了十几块蛋糕，分给了十几户人家。张守业索性在自家
的承包地上搭了个棚子住了进去，一直住到七十岁那年生了一场大病，
才在家人劝说下离开。但棚子没人敢拆。后来，有人称他家的承包地
为张家棚子。

实行联产承包责任制的第二年，张守业的老伴去世了。张四清的
父亲把张守业接到县城去住。可是，张守业住不惯，从来没住过三
天以上。他喝不惯自来水，说水里有股马尿味。他吃不惯城里的菜，
说菜叶子洗之前明明沾着农药，像一层霜。他不喜欢孙女、重外孙
天天早上逼他刷牙，晚上逼他洗脚，认为那是让他活受罪。他最不
习惯的是楼上楼下、院里街上见不到熟悉的面孔，听不到讲骚呱、
骂大烩……

有一回，他拿着那架望远镜在阳台上四处看，对门的楼上一个妇
女开窗骂他老流氓。这还不说，有人报了警。警察到了小区门口被挡
住了。县委县政府机关小区，又都住的是科以上领导干部，你警察凭

什么随便出入？警察说有人报警，说302房有个老头拿着望远镜四处看，怀疑有问题。传达室的说302住的是经委的张四清。那老头是她爷爷。

正说着，张守业出来溜达了。他胸前就挂着那架望远镜。传达室的人指着他给警察说，就是那个老头，张四清的亲爷爷。你们想问去问吧。警察笑笑，走了。

第二天张守业又到阳台上去看，对面楼上的妇女又报了警。公安局有个张四清的高中同学，就把这事给张四清说了。张四清哭笑不得，那是我家老爷爷的宝贝，睡觉都舍不得摘下来。话是这样说，她专程到对面楼上找那个妇女赔礼道歉，请人家原谅。

五

张守业七十岁那年生了一场大病。那场病来得凶猛，有人说他是韩金富生生给气的。那年，河东县乡乡搞开发区，像发了疯一样圈地，拉院墙。因为有消息说规划的高速公路经过河湾村北的黄河故道，河湾又是全乡最大的村，乡里把开发区放在了河湾。

开发区首要的条件是土地，就像乡长在动员大会上讲的，没有地，开发区的厂房、办公室还能打个包吊在半空中不成？老天爷也背不动。见会场上有人笑，乡长又说，不光咱这个乡，全县全市全省全中国都在搞开发区，都在加快改革开放，谁搞晚了谁就落后，你落后一步，费吃奶的劲也赶不上。

张守业不是死脑袋瓜子。解放几十年来他一直都是贯彻执行政策的积极分子。他家老屋的四壁上贴满了他历年来得的奖状，政治方面

风水宝地

有：土地改革，他冲锋陷阵；整风反右，他站在前列；大跃进，他一马当先；文革初期，他也是全乡打头炮的人，只是后来自己也挨了整，才被逼无奈地退出；生产方面有：大炼钢铁、兴修水利、生产自救、植树造林、交公粮卖余粮，甚至于灭鼠的，几乎囊括了解放后各场运动、各个方面。

改革开放初期，他对一些政策的确有抵触情绪，地富反坏右摘帽，土地包产到户，这些都让他想不通，流行在农村中的一句顺口溜"辛辛苦苦几十年，一夜回到解放前"，是他当时的真实心态反映。可是，随着农村改革的不断深入，农业生产上去了，农民收入增多了，他的心态也发生了变化，觉得这个政策对路子。只有一件事让他耿耿于怀，就是韩金富一家富得太快太神奇。熊地主羔子，一不下地二不种田，不就靠着投机取巧，挖咱社会主义的墙脚，摇身一变成了富人，这公平吗？

在张守业看来，韩金富的财富积累像变戏法。八十年代初期，他和孙子韩三树靠着捣弄麻袋赚钱，成了河东县第一批带头致富的典型，不过还只是万元户。此后不久，几十年没回过河湾的韩老大回了一趟家。他那时已经从西部一个省副省长的位子上退下来。他给韩金富带来了河湾村的第一台大屏幕彩电，摆在原大队部门前的广场上放了几天。他还到三棵树给他父亲和祖宗烧香。当然，他也专程去张守业家看望了这位昔日的战友。

韩老大走后不久，韩三树就在河湾消失。有人说他到韩老大当过副省长的省去当县长了，有人说他在韩老大那个地方开了一家做贸易的公司，还有的说他被韩老大送出国，娶了个外国媳妇……

他家院子里的银杏树，还是他爷爷栽的，有一百多年历史，比他还老。树又高又粗，三个人才能搂得过来。

张守业对这些传说一概不信。韩老大是咱党的高级干部，不会干以权谋私的事。他要真干这些事，我张瘸子第一个反对他。有的村民听了，对他竖起大拇指，可是背过身就嘲笑他，你以为你是谁，不就一个打过仗受过伤的瘸子？你反对顶个屁用。

事实也的确如此，等到乡里搞开发区时，韩三树回来了，说是回家乡投资，一口气建了三家工厂，其中一家叫脱水菜厂，用的是三棵树那块地。

张守业一开始不知道三棵树那块地给了韩家办厂。有一天，在县经委当科长的孙女张四清回来，说是同学韩三树请她帮忙协调一下用电的事。张守业一听韩三树在三棵树盖工厂，屁股像被针刺了一下跳起来，不顾张四清的劝阻，爬到家院中的银杏树上。

他家院子里的银杏树，还是他爷爷栽的，有一百多年历史，比他还老。树又高又粗，三个人才能搂得过来。到了夏天，整个院子都在树荫下。他打从部队上复员回来，经常爬到树的最高处，用望远镜四下张望，看有没有阶级斗争新动向。

他最关注的是韩金富家。从树上看韩金富家一目了然。后来，韩金富家的平房拆掉，盖了四层楼，拉了两人高的院墙，挡住了他的视线。但是从最高处远看，村子外的田野还能尽收眼底。

他朝三棵树方向一看，果然正在施工。他气得七窍生烟，在树上就破口大骂开了，你娘个熊地主羔子，整天寻思着把三棵树那块地从贫下中农手里夺回去，没门！老子不同意！

乡亲们听到张守业骂人，纷纷过来看热闹，院子里挤不下，连门前都站满了。张四清劝他，爷爷，人家这是回家乡来搞投资开发，县里乡里都很支持，用地手续也齐全。再说，他只是在三棵树的地上盖工厂，工厂可以解决咱村一些人就业，生了效益对乡里村里也有好处。

张守业呸了一口，好你个小四清，你小时候爷爷怎么教的你，你又怎么给爷爷说过？"不忘阶级苦，牢记阶级仇"的歌还是你教爷爷唱的。张四清说那是老皇历了。现在哪还有阶级？韩家和咱村群众一样都在建设社会主义嘛！

围观的村民中有人对韩金富家不满，顺着张守业的话嚷嚷。有的说张大爷是立场坚定的共产党员，爱憎分明。地主摘了帽也不能比贫下中农先富！有的说三棵树的地让韩家占用了，不明摆着是向贫下中农反攻倒算……

一时间，张守业仿佛又成了阶级斗争的急先锋。他要带着反对韩家占用三棵树的人去夺回三棵树，一时激动，竟忘记了自己是七十岁的老人，还是个瘸子，直接从树上就往下跳。张四清吓呆了，还没等她上前去接，张守业已经摔倒在地上。

张四清和几个乡亲赶忙把他送往医院。经检查，张守业的左腿骨裂，腰椎受损，两处都要做手术。

手术之前，张守业握着前去看他的乡长的手，泪流满面，如泣如诉地恳求说，三棵树那块地不光是长庄稼的好地，还是咱老百姓翻身当家作主的象征、共产党打天下的成果，千千万万不能让老地主韩家占了。不然，老百姓会捣咱脊梁骨。乡长只是点头，嘱咐他好好休息养病。

俗话说，伤筋动骨一百天。几个月后，张守业出院了。张四清那时已经结婚生子。她力劝爷爷在县城住下。张守业放心不下三棵树那块地，坚持回了河湾。但是为时已晚，韩三树的工厂已经冒烟。

不过，那时他生气归生气，不服归不服，经过儿子和张四清、乡领导村领导再三劝说，他明白韩家对三棵树只有使用权，而且只能建工厂，所有权还是归集体，也就是全体村民，加上村里有几十口子在韩家的脱水菜厂上班领工资，最主要的是这些都符合政策，他也就不再坚持反对了。

他出院后，韩金富专程到家里看他。他想到门口迎一迎。门一打开，他看见韩金富被一个年轻女人扶着从小轿车上下来，马上恼羞成怒，喝令媳妇关门。熊地主羔子，没三步路还坐车，烧包。老子不见！

张守业伤养好以后，医生建议他不能再从事笨重的体力劳动。他也没有多少可以从事的笨重体力活。他家承包的三棵树和其他几块土地变成了开发区，只剩下四分菜地，不够他摆弄。村里很多年轻人外出打工，连几个党员也出去了。老支书找到他，请他担任村治保主任。他爽快地答应了。每天挂着那架望远镜，臂上戴着红袖章在村里边转悠。

半年前，村委会改选，韩金富的小孙子、韩三树的弟弟韩反修当选村委会主任。张守业后来听人说，韩三树为了让他弟弟能够顺利当选，上至乡长下至村民花了不少打点费。韩反修上任的第二天，就把停产一年的脱水菜厂给平了，说是要引进新项目、大项目。

韩三树办的脱水菜厂开头几年很红火，产品销到北京、上海等一些大城市。韩三树对厂里的职工说以后要把产品打出国门，让美国总统的餐桌上有咱的大蒜罐头。县报的记者收了韩三树的红包，跟着大吹大擂。县里一位与张守业熟悉的老干部看了报纸对他说，无知才不知无耻，姓韩的真他娘的会吹，人家美国总统吃不吃大蒜他还没弄清，就在那里胡侃！

好景不长，脱水菜厂两年的工夫就关门了。张守业听人说，韩三树心思根本就不在脱水菜厂。他大爷给他在西北接了一条高速公路工程，那是个挣大钱的活，一天的进账超过脱水菜厂一年的收入。张守业这才如梦初醒，这个熊地主羔子，八成是借办厂为名占三棵树那块地吧？

果然不出张守业所料，那个厂闲置了七八年，那块地也闲置了七八年，院子里的荒草长到一人多高，成了一块被遗弃的荒地。

韩金富是个人精，做事滴水不漏。他不会让张守业找到他的把柄。不知他怎么交待的，反正韩三树每次从外地回来，都对村民说他正在跑省城跑北京拉大项目。他说，只要大项目成了，咱河湾不出两年就会成为河东首富村，说不定还是全省全国的先进小康村。

前些天，孙秃子的侄子孙跃进跑到张守业家，悄悄地告诉他，韩三树回来了，在全村四下里找一块大理石的石碑，说那块石碑上刻有韩金富爷爷的名字。张守业说韩金富是不是还在做变天梦？孙跃进说变天他没那能耐，变地他可有法子。

他这样一说，张守业马上警觉起来。他想起土改时见过那块大理石石碑，上边的确刻着韩金富爷爷的名字，但那是韩家的地界石。当时有人要砸了，还是他劝住了。他摸着那块像冰一样滑溜的石头，说这是块好石头，又不是个人，和咱没啥仇恨，谁家有用谁拉走。至于谁拉走了，他想不起来。五十年过去了，又不是什么不该忘记的事，哪里记得起来？

　　韩金富让他孙子找那块石头肯定没安好心，张守业说，这熊地主
羔子一撅尾巴，我都知道他屙几个屁蛋子。你鼓动鼓动咱村的老贫农
睁大眼睛，盯着韩家大大小小熊地主羔子的举动。孙跃进面露难色，
不安地说，大爷你咋还那么晕呢？现在谁还认自己是贫农？贫农是贫
穷的代名词。张守业翻了下眼皮，咋地，还能连老本都忘了？别看过
去几十年，隔着肚皮照样看见他吃过的红芋秧子。孙跃进说不是这个
意思，我是说没人跟咱鼓动韩金富家的事。韩金富这些年把好事做绝
了，像建小学校、敬老院，修村里的路、自来水。你说他收买人心也
好，说他拉拢腐蚀也罢，反正他的人气旺得很。不然，他小孙子怎么
当上村委会主任。

　　张守业的心被孙跃进的话深深刺痛了，朝烟袋锅里装烟的手不住
地颤抖，手指被烫了一下，疼得他咧了咧嘴，差点儿掉下泪。他知道，
这几年来还能到他面前和他一起谈谈村里的事，听他骂韩金富几句的，
只有眼前这位老伙计了。也许是出于对那个老党员的一种奖励，也许
是为了进一步团结他，也许……张守业自己也弄不清到底有什么样的
目的，拿出孙女上次回来看他给他带的两瓶五粮液，朝孙跃进面前的
桌子一放，这酒我喝着不过瘾，你拿去喝吧！孙跃进两手摆得像风吹
着的荷叶，这怎么行？我哪能收你的东西。嘴上话是这么说，手却把
两瓶酒朝自己面前拨拉了一下。张守业大大方方地笑笑，你喝我喝都
一样。孙跃进一手拎了一瓶向外走，出了大门，又觉得不妥，脱下外
衣把酒包上挟在胳肢窝里。张守业仰望着银杏树，两颗豆粒般大的泪
珠夺眶而出。第二天，儿子来看他时，他对儿子说，我张守业也学会
行贿了。他儿子笑了，大大，你又无所求，给谁行贿啊？张守业把旱

烟袋抽得<u>丝丝</u>响，半天才把送酒的事说了。他儿子听完，神情凝重，劝他说，大大呀，你该把你的老皇历丢了。

　　张守业的那两瓶酒的确起到了效果。几天后，孙跃进就跑来告诉他，韩金富家土改时丢的那块大理石找到了，在孙秃子家。张守业想起来了，孙秃子是个石匠，力大如牛，尤其手腕子劲大。他过去也在韩金富家做过工。那块大理石从地里挖出来后扔在沟里，孙秃子说是块好石头，扔掉可惜了。他就拉回家用做了锅台。经过多年烟熏火燎，那块石头的成色丝毫没变。孙秃子去世后，他儿子盖新房时把锅台拆了，那块大理石又被砌在门框上作了门梁。韩三树的弟弟带人去要。孙秃子的儿媳妇不同意，和韩三树的弟弟针尖对麦芒地干了起来。张守业问孙秃子的儿媳妇怎么说，孙跃进说孙秃子的儿媳妇整个一只母老虎。她指着韩反修的额头，骂他的村委会主任不清不白。你也不打听打听姑奶奶什么人。别人怕你韩家，姑奶奶不怕你们。这石头是土改时分给俺家男人的。你要拉走可以，给钱。

　　听到这张守业开心地笑了，额头上的皱纹也高兴地跟着波动。他说这娘们有种，像个党员！她不怕韩家有钱有势，敢和姓韩的当面锣对面鼓地干。张守业又问韩反修那个熊地主羔子还有什么招？孙跃进说韩反修动手动脚要拆门，孙秃子的儿媳妇躺在地上拦着。韩金富过去把他小孙子拉走了，说是要打官司。老三哥，这事恐怕还得牵涉到你。你是当时的土改队长，那块石头是不是分给我秃子大爷的你最清楚。张守业心里咯噔一下。土改时政策有规定，没收地主富农的财产要登记，分这些财产时也有登记。但是，那块石头没登记。他想起来了，是合作化运动入社时，韩金富扒出地界石证明三棵树那块地是他家的，当时孙秃子确实在场。如果韩金富真的和孙秃子家打官司，让他出面作证，他不知该向着那一边。说真话吧，对不起已经死去的阶级兄弟；做假证吧，又违背他的为人。想了几天，他最后决定到县城住一段时间，躲过作证这一关。

六

两个月后，张守业回到河湾，捎了几次信让孙跃进去见他，孙跃进都没登门和他见面。他让捎信的人告诉孙跃进，他带回了两瓶五粮液，想和他一起喝。孙跃进还是不见他。捎信的人给他说，人家说你去县城看病是假。村里人在背后都说你，说你是躲孙家和韩家的官司……来人没把话说完，张守业的脸就红了。他想像得出村里人对自己的议论，骂他是个孬种，不敢得罪姓韩的；骂他软骨头，怕姓韩的钱和势。一气之下，他真的病了。

后来他才听说，韩金富让他小孙子韩反修把孙秃子在上海打工的儿子孙女都叫回河湾。韩金富亲自和他们一家谈了一次，最后商定，由韩金富家给孙秃子家两万元钱买回那块石头。张守业这次没骂孙秃子的后人。他觉得是自己没能尽到责任。所以，下一步韩金富要做什么，他必须旗帜鲜明地站在前边，让河湾的父老兄弟看看他张守业骨头没软，气节没丢。

韩反修动工建农场是半个月前的事。张守业自从县城回来就很少出门，也没人到他家串门，消息相对闭塞。过去，每逢河湾集日，他都挂着孙女张四清给他特订的拐杖上街转悠。传统拐杖是一根腿，而张四清给张守业专门加工的拐杖是两根腿，中间带一个圆盘，走累了站累了，一打开就是简易的凳子，可以坐下休息。张守业更喜欢的是它像过去的圆盘机枪，让他又找到了当兵的感觉。他上街最喜欢去牛行。他当过牛行人，看牛比看人还准。他不仅能从牛的牙口看出牛的年龄，甚至能从牛蹄看出牛的健康，现在年轻的牛行人见了他都恭恭敬敬，买牛卖牛的更不敢在他面前耍奸。他的很多信息都是从牛行市场得来。这段日子，他怕看乡亲们向他投来的不满或小瞧的目光，到了逢集日也躲在家中不出门。所以，韩反修动工时他不知道。

这天晚上八点半，张守业打开了电视。这是他坚守的一条规律。七点到七点半是中央电视台新闻，七点半到八点是省电视台新闻，八点到八点半是市电视台新闻，八点半以后是河东县新闻。在河东县新闻里，他能看见他最喜欢的孙女——副县长张四清。有一次他从电视里看到，一天中张四清参加了三个会，让他心里很不高兴。他当着张四清的面说过，你们这些当官的能不能少上点镜。今天出来是开会明天出来又是开会，你们干脆天天带着老百姓喝会吃会吧！

他正要关电视，听见漂亮的女播音员提到河湾，于是又接着往下看。女播音员说，我县河湾村是一个老先进村，转变经济发展方式又走在前例。为了提升农业现代化，提高农业的比较效益，该村加快土地流转的步伐，最近，由韩氏集团投资三亿元建设的我县第一个家庭农场——韩氏农场，将把河湾村的土地进行重新规划，分别建设……女播音员配合画面上，韩反修正指挥着拖拉机耕地里的田埂。

张守业的目光凝固了，神情麻木了。他马上想到，韩金富复辟成功了。熊地主羔子如今财大气粗，变着法儿把三棵树又转到他家名下，还不光是三棵树，全村的土地都姓韩了。不行，现在还是共产党的天

咱共产党为什么打天下，不就为了老百姓翻身解
放，不再受地主的剥削压迫？

下，不能让他韩金富得逞。河湾的韩金富得逞了，河东全县的韩金富
就会得逞，那全省全国的韩金富都这样做，还不变了天？

第二天，张守业去了镇上。镇党委书记、镇长都去县里开会了。
一个三十多岁的年轻副镇长接待了他。张守业一开口就讲了一串大道
理，小爷们，咱共产党为什么打天下，不就为了老百姓翻身解放，不
再受地主的剥削压迫？河湾村的大地主韩金富现在把土改时没收的地
收了回去，这算不算复辟？

年轻的副镇长笑了，老爷爷，这是两回事。咱现在搞的土地流转，
企业只有使用权，地还是集体所有，承包经营责任人还是你们自己，
性质没有变，与地主那个时候是两种概念。张守业听不懂什么叫概念。
他只认一个理。现在这些地都在韩家名下，村民都给韩家干活，与过
去不同的只是领现钱。这怎么还不叫复辟？

年轻的副镇长被他一口一个爷们、小子叫得心烦，又听他口口声
声阶级斗争、地主复辟，不耐烦地说，你要是有意见，可以写信向上
级反映。我们镇干部官小，给你说不清政策上的事。张守业恼了，挥
起拐杖把副镇长屋里的花盆砸了个稀巴烂，又要打副镇长。副镇长赶
忙给派出所打电话。派出所民警到了以后，才把张守业制止住。

张守业回到家里，给省长写了一封信。他没想到，信转来转去转
到他孙女张四清手里，更没想到张四清不支持自己，反而支持韩家。

张守业的第三代共计九个。这九个中，张守业最疼大孙女张四清。
这当然有多方面的原因。张四清的大叔在上个世纪六十年代的三年自
然灾害时期离开家，用张守业的话说是饿跑了，那时农村农民不像现
在没地位，"七级工八级工，不如农民一沟葱"是当时的真实写照。

128

风水宝地

企业招工的就如同拉壮丁，见年轻人就问愿不愿意去他那儿上班。她大爷就这样去了西北一家钢厂，后来在那儿安家立业。他家的孩子几年回来一次，张守业想疼也够不着。张四清的二叔十八岁参军到北京，后来在部队提了干，现在是副师长，全家也是几年回来一次。张四清的父亲是老大，中学毕业后就在老家当小学教师，后来当了校长，"文革"后期借调到县"一打三反"办公室，运动结束后就留在了县教育局，退休之前是县教育局的党委书记，正科级。虽说她父亲在兄弟三人中官衔最低，但在家陪伴父母的时间最长最多。张四清作为长女，和爷爷张守业在一起的时间比爸爸还多。她从小聪明伶俐，嘴甜，有眼色，腿脚勤快，上学后学习也好，所以深得爷爷的宠爱。她上中学时，全家跟着父亲搬到了县城。每逢周末，她都骑着自行车回河湾看爷爷奶奶。上大学后，离家远了，不能常回河湾，张守业反倒觉得不适应。小朵后来告诉她，你上大学走后很长一段时间，每到星期六的傍黑，你爷爷都像过去一样到三棵树去接你，拿着他那个宝贝望远镜向县城看啊看啊，一直站到夜色把他的身子给吞没了，你奶奶喊他回家吃饭才回去。

张四清回河东县工作后，每个月都要回河湾一两次，一直到当了副县长依然如此。她有时是和父母亲一起来，有时是自己来，有时则是到其他乡镇检查工作顺路来。这些年高速公路发展很快，从县城到河湾只用十几分钟。高速公路在河湾有个出口，还建了一个服务区。这个服务区是张四清给争取来的。有了这样一个服务区，不仅可以安排一些村民就业，还可以解决农民水果、蔬菜等农副产品买卖难问题。这个高速公路的出口因为在三棵树地界上，就叫三棵树。车子驶出收

　　张守业一听三棵树就火。他说我去看看三棵树那
块地还姓不姓共，还长不长粮食。

费站，张四清隔着窗户向三棵树看去，果然看到了一片大兴土木的场面。地里竖立着一座水泥搅拌站，还有挖掘机、装载机、运输车来来往往不停地作业。她放眼望去，她过去经常来的棚子已经不在了，心里不免有点失落感。时代在发展在变化，不以人的意志为转移。她想。

　　这时，司机突然停下车，对张四清说有人拦车。张四清一惊，不要说她是堂堂河东县的副县长，就是张守业的孙女这个身份，在河湾地界上也没人敢拦她的车。她挺直身子朝前一看，拦车的竟然是她爷爷张守业。张四清把爷爷扶上车送回到家里。她问张守业，爷爷，您腿脚不方便，去三棵树那边弄啥？张守业一听三棵树就火。他说我去看看三棵树那块地还姓不姓共，还长不长粮食。张四清笑着，一边给爷爷泡茶，一边循循善诱地说，这还能随便更改，谁有那么大的本事。爷爷您八成是听错了。我是分管土地的，我怎么没听说过咱河湾的地改姓了？张守业说你是管土地的，那你今天给我说说土地都有啥新政策。他两年前听从医生和孙女的劝告戒了烟，但是旱烟袋还不离身。时常把烟袋嘴含在嘴里吧叽吧叽干吸几口。那个玉雕的烟袋嘴是小朵送给他的。他含在嘴里感觉就像把小朵含在了嘴里。

　　张四清把农村土地流转的相关政策给张守业耐心地说了一遍。她讲了农村土地人多地少的矛盾，解决这个矛盾要把更多的农民从土地上解放出来，转移到二、三产业，扩大农业生产经营规模。她还讲了农民在市场的主体地位很脆弱，很多事情靠一家一户不好办也办不了，与发展现代农业的要求不相适应。她强调土地流转也是农民自己的创造，在一些发达地区一些农村通过土地流转，使农庄迈向规模经营，而农民不种田也有口粮，打工还有工资收入……

风水宝地

张守业没听孙女说完就皱起眉头，那为啥非要把地流转给姓韩的？就不能流转给贫下中农？张四清一听乐了，爷爷，您咋还地主富农贫下中农的老观念呢？现在都是中国特色社会主义的建设者！这么给您老人家说吧，韩氏集团是咱河东县较大的民营企业之一，有资本实力，说白一点有钱。您老人家要让农民把土地流转给您，您得有实力呀！张守业恼了，说一千道一万，还不就是韩家现在有钱了，把土地又流转到他们家了。

张四清有点急了，爷爷您怎么没听明白，不是他们家而是企业。中央文件明确规定赋予农民更加充分而有保障的土地承包经营权，现有土地承包关系保持稳定并长久不变。土地流转不得改变土地集体所有性质，不得改变土地用途，不得损害农民土地承包权益。说到底土地流转是"三权分离"：韩氏集团只有经营权，承包权还是归承包的农户，所有权仍然是集体的。

她又把韩氏集团的规划给张守业做了解释，推平河湾土地上的一千多条田埂，对土地进行平整，扩大可耕地面积，然后实行科学种养，统一品种、统一耕作，统一种植，统一管理，增加土地产出效益；在故黄河发展水面立体养殖；同时，发展观光休闲型的"农家乐"……然后，她举了个例子，搞土地联产承包时咱家农村户口是四个人，您、我奶奶、我和我弟弟。咱四口人承包了四亩地。这四亩地分成七八个地方，来来回回要跑大半天。我奶奶那时嫌地分散，天天发牢骚说不方便种。咱村几百户人家上千亩地，家家都是这种情况。要么各种各的品种，要么一轰而上，根本就没有市场竞争力。再说，这些年外出务工的人多了，土地的管理松劲了，产出的效益低了，需要加大投入，加强管理，提高效益。

　　张守业对孙女说的大道理也能听明白。但是，他就认一个死理，如果把土地流转给了韩金富家，就是地主复辟。爷孙俩争吵了半天，谁也说服不了谁。最后，张守业扔下一句话，中央的政策，我当党员的拥护，流转给谁经营我都举双手同意，给姓韩的，没门！中央不是说尊重农民，让农民自觉自愿吗？我不自觉自愿可以吧？张四清给张守业续上一杯水，拉着张守业的胳膊，带着点娇气，说，爷爷您这就有点故意找茬了。咱家的几块地在地中间，您不同意流转，人家拖拉机、播种机、插秧机、收割机这些大型机械还能翻过去呀？！

　　张守业听孙女的话里有些指责自己不讲道理的意思，顿时大怒，一扬手把茶杯打翻地上，好你个小四清，你也和地主钻一个被窝里了。我看你这个共产党的副县长阶级立场有问题。信不信爷爷翻脸无情，向中央告你！说完他转身进了屋，把门也关上了。张四清哭笑不得，一筹莫展，愣怔地站在门口，过了一会才转身离开了。回到县城家里，张四清把和爷爷争论的经过给爸爸学了一遍。她气得掉了眼泪。爸，你说我爷爷怎么就这么顽固呢？新中国成立都六十多年了，他们那一代人的恩恩怨怨真的就那么不容易改变？张四清的爸爸说，你爷爷这样思想的人不多了，但也还有代表性典型性，对他们不能着急。韩反修那小子做事也不注意方式方法，一撒钱什么都摆平，这也不对。两人讨论了一阵子。最后决定，张四清给韩三树和韩反修兄弟做做工作，让他们严格按照法律办事，不能强行。张四清的爸爸带张守业到苏南一些经济发达地区走一走，看一看人家农村土地流转带来的变化，用事实说服他。

可没想到，就在这个节骨眼上出事了。

七

　　张四清走后第二天，张守业放心不下自己的承包地，挂着拐杖，一步一颤地去了三棵树。村口有一幅巨大的广告牌，上边是韩氏农庄的规划图。规划图上标着河湾村每一片土地包括农民宅基地的改造方案，分别用红蓝黄黑四色做标志。张守业到之前，已经有几十个村民围在那里边看边议论。比较欢欣鼓舞的是些在外务工回来的年轻人，他们说按照规划建成了农庄，和城市就没多大差别了。有的上了年纪的不太相信，把咱这地方画得像天堂，能成吗？张守业扫了一眼，觉得规划的确是不错，他从心里也赞成。共产党打天下坐江山，不就是为了让老百姓过上天堂般的好日子吗？当年在湖西练兵，就有一首歌唱道：弟兄们都来练兵，练好本领打进城，住洋楼用电灯，吃水不用再打井……这么多年过来了，今天说新农村，明天说新农庄，就是让你摸不着。让他觉得刺眼的是"韩氏农庄"四个字。凭什么就是你韩家的了？他看见自己家的承包地，自己家的老宅子都囊括在里边，心里更上火。熊地主羔子太张狂了吧？不管你用我的承包地做什么，总得经我点头、按个手印吧？过去的地主和贫农做买卖也得签个什么证呢。

　　三棵树的地上，几台拖拉机和轧路机正在平整田埂。张守业一看，火冒三丈，挥起拐杖朝拖拉机打去，由于用力过猛，拐杖叭嚓一声断成两截，他的身子也朝前一个趔趄，幸亏一个戴鸭舌帽的小伙子扶住了他，不然头上保准会起个青包，说不定还会流血。小伙子说，老爷这时，一直坐在宝马车里的韩反修才从车上下来。他故意大声咳嗽几下，吵吵什么吵吵什么？河湾村多少年没发展都是穷吵吵瞎折腾闹的。

爷您这是干啥呢？这拖拉机可是个铁家伙，不好玩呀！张守业说你眼长腔沟子里去了，看我是在玩吗？我问你，谁让你平我家的田埂？小伙子还没回答，一个刚从路边宝马车上下来的高个子男人盛气凌人地抢过话头，你是干什么的？哪是你家的田埂？这里的地都让我们征了知道不？张守业仰头看了高个子一眼，哪儿冒出的野种？你征我的地，我同意了吗？赶快给老子滚蛋，不然……没等他骂完，高个子抓着他的衣襟，一把把他提了起来。老不死的家伙，你敢骂爷爷，信不信爷爷把你当足球踢？你还让我滚蛋。告诉你，我是这地的主人！

张守业这一吵吵，引来了很多村民。孙秃子的儿媳妇扯着嗓子高喊有人打张叔了，呼拉拉地围上来几十个村民。村里年轻人大多外出务工，围上前的大都是称张守业大爷叔叔辈的中年人，也有几个和他年龄相仿的老年人。他们中有人尽管对张守业过去的一些做法有意见，但总的来说，认为他做事还能代表村民利益，讲究公道，所以对他还是有感情的。再说他是长辈，你个外来人欺负本村的长辈不等于欺负当地人吗？有的说韩氏集团太霸道，不打招呼就平地。有的说咱撕毁合同吧，反正也没领到多少钱。一时间，局面有些失控。

这时，一直坐在宝马车里的韩反修才从车上下来。他故意大声咳嗽几下，吵吵什么吵吵什么？河湾村多少年没发展都是穷吵吵瞎折腾闹的。你们还嫌不够穷咋的？孙秃子的儿媳妇一点也不示弱，破口大骂道，咱这还是共产党的天下。共产党不允许富人欺负穷人。你们别仗着有钱有势到河湾来撒泼。老张叔不吃你们这一套，老娘也不买你们的账！韩反修你把我的合同退给我，这地我不租你们！

韩反修冷冷一笑，上前一步扯住孙秃子儿媳妇的衣襟，臭娘们，信不信我废了你？孙秃子的儿媳妇用劲想挣脱韩反修，衣服呲地一声响，从上到下撕成两半，她的两只像霜打过的茄子一样软了巴几的乳房全部暴露在众人面前。她大吼一声韩反修要流氓了，韩反修要流氓了！接着一头把韩反修撞倒在地上。张守业举起半截拐杖朝韩反修打去，嘴里却骂着韩金富：韩金富你个熊地主羔子，让你孙子来反攻倒算了！今天我要是输给你，就是丢贫下中农的脸。高个子用胳膊挡住了张守业的拐杖，顺手一牵，把张守业摔了个跟头。周围的人们哄叫着把韩反修和高个子等几个人团团围住。就在这时，地头响起一个粗哑的声音，你们都给我住手！

韩金富在孙跃进的搀扶下从一辆小轿车上下来。他刚迈进地里一只脚，鞋子陷进暄土里。他皱了皱眉头，站住了。孙跃进见状，毫不迟疑地弯下腰，把韩金富驮到了地里。他喊了孙秃子的媳妇一声嫂子，孙秃子的儿媳妇不屑一顾地转过脸，冷嘲热讽地说，俺们老孙家没有孬种。你是哪上来的？围观的人群中爆发出一阵哄笑声。孙跃进的脸红了。

韩金富出奇不意地打了韩反修一个响亮的耳光，骂道，你小子不听你爹的话，连爷爷的话也不听了吗？我怎么给你反复交代的，对咱河湾的长辈要像你爹你爷爷一样对待。你给我跪下，向父老乡亲认个错，不然……说着，他一阵剧烈地咳嗽，说不下去了。韩反修拧着头，气哼哼地走了。临上车，对着地里的人高声喊道，我要让你们看看胳膊能不能拧过大腿！

韩金富稍微喘息一会，对张守业和在场的人拱了拱手，各位父老乡亲，小孙子反修不懂事，得罪了诸位，我在这里赔罪了！孙秃子的儿媳妇呸了一声，您也别玩哩个儿楞。你孙子没有人在后边出馊主意、歪点子，也没那么大的作派。韩金富显然不想做辩解，在孙跃进的搀扶下，怏怏地离开了。

孙秃子的儿媳妇问张守业，老张叔，咱就像小羊羔这样被韩反修那只狼欺负啊？她的话音一落，周围的人们嚷嚷开了。有的说韩反修说得好听，建农庄让百姓致富，其实他是想圆了他爷爷的大地主复辟梦。你看他那派头，那像是租咱的地，和咱好好商量，整个是强行霸占。有的说他让咱把地流转给他，每亩地一年给咱三百块钱租金，反过来咱还得给他出力流汗种地，说是给咱工资，那还不是血汗钱。有的还骂孙跃进，孙秃子怎么有这个侄子，要是放在抗日战争那个时候，他肯定是戴日本兵帽子，穿日本兵军装，搂日本娘们，喊日本人为爹的大汉奸！张守业不想自己吵吵自己听。他问在场的人有什么打算？有的说咱和姓韩的干到底。

张守业提出了一个方案，联合起来到镇、县上访。有人说韩家和县上镇上领导关系倍儿铁，想告倒他们没门。孙秃子的儿媳妇说那咱就上北京找总书记总理告状。有人说韩金富刚才打韩反修耳光是做做样子。韩反修个毛头小子想不出这么阴的招，一定是韩金富和韩三树在背后指使。其实，张守业他们只猜对了一半，就是韩金富的确支持韩反修搞土地流转。流转也是改革，只不过名字叫得不一样罢了。但是，张守业他们没猜对的另一半是，韩金富和小朵反对韩反修强行拿地。他回到家，让孙跃进到村委会把韩反修叫回家，又劈头盖脸把他骂了一通。他说张守业论辈数是你爷爷，他打光腚时和你爷爷就是好兄弟。你对他不敬就是对你爷爷不敬。再说，父老乡亲选你当村主任是让你为大伙服务的，不是指手画脚耍威风的。

韩反修说都是张守业那老不死的带头闹事。我要是不灭灭他的威风，别说建农庄，就是往后说话都不权威。韩金富说权威是靠自己做事树立起来的，不是靠着吵吵闹闹打打杀杀得来的。你要是连这点都不懂，就赶快滚蛋，老老实实跟你哥做生意去。小朵也在一旁埋怨韩反修不通情理。都是低头不见抬头见的乡里乡亲，怎么能动粗？你这样做把你爷爷这辈子的脸面都丢尽了。我告诉你吧，农庄宁可不建，也不能让乡邻骂咱祖宗八辈！韩反修一支接一支地抽着烟，眼睛睁得溜圆，好像一不小心就会滚落下来。他等韩金富和小朵骂累了坐下喘息的时候才说话。爷爷奶奶您们就把心放在肚子里吧。我知道应该怎么做。

韩金富瞪了韩反修一眼。他因为刚才生气，加上在三棵树受到乡邻奚落，回来又说了很多话，觉得有点气短，就没有说话。小朵却不依不饶，又追问韩反修，给村民每亩地一年的租金三百块是不是少了点。你和你哥商量商量，看能不能再多给一点。韩反修说依我哥的意思，这三百都多了，他只同意给二百五。韩金富骂道，他就是个二百五！人家承包地一年种粮食也不止卖个二百五。你说说这公平吗，合理吗？说着，他剧烈地咳嗽了一阵。小朵忙帮他捶着后背，给韩反修递了个眼色，示意他不要再惹他爷爷生气。韩反修假装没看见，不服气地顶撞韩金富说，他一亩地能产一千斤麦子啊？就算是产一千斤能卖几个钱？化肥不要钱，农药不要钱？人工管理不要钱？卖粮运输不要钱？这七去八去能落下几个钱？再说，我还给他们发种地的工资，一年也好几千。

小朵说你这些账都是从你的角度算的。你咋就不说人家承包的责任田打下粮食吃粮食不要钱？咋就不说到外边打工一个月也能收入千儿八百？咋就不说……还没等她说完，韩反修的电话响了。他打开听了几句，脸色变得铁青，咬牙切齿地说，张守业和孙秃子的儿媳妇带人到镇上去上访了。镇长打电话让我过去。这熊老东西真是粪扒子摇头——找屎（死）。他一边说一边气哼哼地向外走。韩金富冲他后背大声嚷嚷道，小反修你个龟孙子给我听好了，你要是再对张守业和乡邻们动粗，就别再登我的门！

韩金富没想到他的话竟然应验了。韩反修在他去世之前没再登过他的门。

八

韩反修气势汹汹地出了韩金富家，一上车就给韩三树打了个电话。他说张守业真他妈不是个东西，带着人到三棵树闹了还不算拉倒，又到镇上去上访。我今天就灭灭他的威风。他不是仗着孙女在县里当副县长吗？我就让他看看我怎么样连他孙女都收拾了！

韩三树三年前换届时当上了县政协副主席。他觉得自己再在河湾混有些掉价，就在县城盖了座四层的小楼，配套有花园、游泳池、菜园子。平常，韩金富不招呼他不回河湾。他听了韩反修的话，马上训斥他，反修你小子连爷爷奶奶的话都不听了。我严正地警告你，不要再和张守业干架。咱不怕他当副县长的孙女，但咱不能不怕民心。民心你懂吗？韩反修问你说怎么办？他张守业的地、孙秃子媳妇的地还有几个跟着他们起哄的人家，田埂子夹在大块地中间。他们不让动，

138

整个连片都动不了。

　　韩三树问，你和张守业几家签订土地流转合同了吗？韩反修说这是咱韩氏集团直接和村委会签的合同。土地是集体的，村委会有权决定流转。韩三树骂你真是猪脑袋。党中央和国务院的政策说得很清楚很明白，要尊重农民的意愿，要经过土地承包人同意，承包人的主体地位不能变……多了，多了。你怎么就不先学学文件。韩反修说我没那么多工夫，再说也没那么多心眼。说完就挂断了电话。韩三树以为他还在听，仍然喋喋不休地说着上边的政策，听他半天没说话，又说那你动动脑子想办法。你不是聪明吗？

　　韩反修的确在动脑子。这时，车已到村头。他见高个子等几个自己的部下都在三棵树地头前守候着，就停下，把高个子叫到车上，向高个子嘀咕了一会。高个子一边听一边点头。等他下车以后，韩反修的脸上已经阴转晴朗。他好像成竹在胸。

　　镇政府就在河湾村一河之隔的老河湾街上、日伪时期的河东县政府旧址，几年前旧址撤除盖了新楼。周边那些商铺也经过了改造，如今仍然是河湾一带的贸易中心。张守业和孙秃子的儿媳妇领着十几个村民到了镇政府大门口，被门口的保安拦住了。保安听说他们是上访的，就让他们到旁边挂着信访室的窗口去登记。负责登记的是个中年女人。她问张守业是哪个村的，张守业回答说河湾村。那个中年妇女二话没说，低着头在桌子的玻璃板上找了一会，找到了河湾村委会主任韩反修的手机号，给韩反修打了个电话。放下电话，她向张守业他们摆摆手，你们到外边去等吧。河湾村委会的韩主任马上过来处理你们……

她骂人的词儿又新鲜又生动，而且骂起来可以饭
不吃觉不睡。

　　这位中年妇女的态度不冷不热，张守业他们还算勉强接受，可是她打电话让韩反修来，又说"处理"他们，把孙秃子的儿媳妇激怒了。她拍打着玻璃窗骂道，你个熊娘们会说话吗？处理，处理，他凭什么处理我们？那个坐在玻璃窗里的中年妇女这才意识到自己刚才的话有误。不过，她接受不了孙秃子的儿媳妇的态度，指着孙秃子的儿媳妇嚷嚷道，你骂谁熊娘们呢？你是啥，是大男人？呸，看看你裤裆里长那玩意了吗？处理你们还轻了呢。你要是再吵再闹，我打电话叫派出所来把你扣起来，告你妨碍行政机关工作。

　　孙秃子的儿媳妇在村里一遇到不顺心的事和看不顺眼的人就骂街。她的嗓门儿高，在街上骂地里能听得见，在地里骂村里能听得清。她骂人的词儿又新鲜又生动，而且骂起来可以饭不吃觉不睡。有人得罪了她，她坐在人家门前骂三天三夜不挪窝。日子久了大伙都避让她三分。有人说好鞋不踩臭狗屎，也有人说男不和女斗。她听玻璃窗里的中年女人骂自己，哪里能够忍让，脱下鞋子就朝那个中年女人脸上砸去，咔嚓一声，玻璃窗碎了。中年女人吓得连连后退几步，好，你敢在镇政府搞打砸抢，我马上就报警。说着，果然给派出所打了个电话。张守业看看事情被孙秃子的儿媳妇搞砸了，赶忙劝住了她。他说老孙家的你消消气。你这样一闹腾会把目标转移，咱的事就耽误了。孙秃子的儿媳妇这才平静下来。

　　派出所的警车到时，韩反修也恰巧到了。他听说派出所的人是来处理孙秃子儿媳妇砸玻璃窗的事，赶忙给派出所的人解释，说孙秃子的儿媳妇精神不正常，经常在村里闹点事，就交由他带回村里处理吧。他和信访室的那个中年女人比较熟，喊了几声大姐，又赔了一百块钱

的玻璃损失费，中年女人才说看在我反修兄弟的面子上，我就不追究了。不过，像这样的母老虎，你得圈起来。不然，她会伤人！

韩反修又把张守业叫到一边，爷啊，这事您老人家看着咋办吧。咱自己的事回家里去说。咱再呆下去，镇里要是追究老孙奶奶闹事的责任，那可就不是我能说了算。现在各级都强调稳定……事情到了这个份上，张守业也不好再坚持。他说那咱就回咱自己家去说吧。反正得分出个里表来，不能你熊孩子想咋着就咋着。他心里想的是先把孙秃子儿媳妇闹镇政府这事平息了，回去只要谈不拢，还可以向上反映。韩反修说他要到镇委书记和镇长那里，为孙秃子的儿媳妇的事作个检讨，让张守业他们先回去，在村委会等他。

张守业一行十几个人在回去的路上，有的顺便去超市买东西，有的说有事要办，一下子分散了七八个。还有几个和张守业、孙秃子的儿媳妇一起回村的，路上不住地埋怨孙秃子的儿媳妇，说她惹是生非，误了正事。孙秃子的儿媳妇哪里服气，就和他们争，一路上都吵吵个没完。眼看就要到村头了，从路边的树窠子里突然窜出四五个人。他们清一色的黑衣，戴着白口罩，手里拎着两米长的棍子。张守业这些人大都上了年纪，加上事情来得太突然，毫无准备，一下子都呆了。那些黑衣人不分青红皂白，围着张守业等人就是一阵乱棍。张守业腰上挨了一棍，腿上挨了两棍，双膝一弯，跪在地上，接着就倒下了。他听见孙秃子的儿媳妇在骂，另外几个村民在嚎叫救命，怒不可遏地骂了一句，熊羔子你们连过去的土匪都不如，土匪还报上名号，你们只会做偷咬人的狗！

村里有人出来，发现了村头上发生的事，向村里喊了几声抓坏人，那几个黑衣人才停下手，瞬间消失在树窠子里。不过，有一个黑衣人临走时，不知是有意还是无意撂了一句话，谁再敢和韩氏集团作对，就让他永远也站不起来！

张守业和孙秃子的儿媳妇以及几个让黑衣人打了的村民，被赶到的村民们很快送到了镇中心医院。经过检查，张守业那只伤残的腿又受了一次伤，但伤得不重。伤得最重的是孙秃子的儿媳妇，两只胳膊都严重骨折，需要住院治疗。她骂得更凶了。镇派出所接到河湾村村民报警，很快赶到了了现场和医院。孙秃子的儿媳妇一口咬定这事是韩家干的。大地主韩金富交代他孙子小地主韩反修，为了霸占俺们家三棵树那块地，向俺们下黑手。

老大娘您有证据吗？做笔录的警察问。孙秃子的儿媳妇说我这个大活人就是证据。她把那个黑衣人临走说的话给警察说了，然后发狠地说，只有韩家的人能说出这种缺德话，做出这种下三滥事。做笔录的警察用笔杆敲了敲记录本，现在是给你录口供，说话注意点儿，污辱他人也是违法行为！韩金富在孙跃进和小朵的陪同下到医院来了。他见了张守业和孙秃子的儿媳妇就拱手作揖。孙秃子的儿媳妇骂他假，这事十有八九是你孙子干的。韩金富说让警察查，真查出是他个龟孙子干的，我保证不护短，亲自把他送进大牢！不然的话，我韩金富就不是人。

孙秃子的儿媳妇说这下好了，我正愁没钱养老送终。查出谁干的我就给谁做姑奶奶，让他管我吃管我喝，我死了给我拉哀棍。小朵泪眼看着张守业，一开口就哽咽了。老哥，咱都一大把年纪的人了。金富这些日子常念叨你们小时候的事，说像是一场梦。人啊，怎么都是一辈子。你计较我，我计较你，计较来计较去，什么时候是个头呢。张守业也叹了口气。当年在他眼里像朵鲜花的小朵，如今已头发花白，一脸沧桑。岁月真是无情啊！他说咱这辈子是交待了，可得让下辈子懂得怎么做人。

这件事情很快就传到了副县长张四清那里。张四清既感到震惊，又感到愤怒。爷爷他们是老实巴交的农民，对土地怀有不可替代的情感。他们没有过高的诉求和要求，只希望给他们一个明确的说法，让他们能够享受自己应该享受的权利。这其实无可厚非。至于他们不懂政策，一时不理解，可以慢慢做工作，为什么要动用黑恶势力手段来对待他们呢？县公安局李政委是她同学。她约李政委谈了一次。李政委告诉她，案子进展不太顺利，主要是农民不懂得保护现场。现场被破坏了，不利于侦察。张四清问是不是有人给你们施加压力？李政委笑了笑，老同学，我无可奉告！我只能告诉你的是，县政协韩三树副主席打了几次电话，催促我们尽快破案。张四清走时，李政委追到门外，说是要送送她。他低声对她说，你就放心吧，我保证给你个交待。

一周后，那个高个子在洗浴中心嫖娼现场被抓获。李政委亲自提审他，向他晓之以理。他交代说那天发生在河湾村村头的打人事件是韩反修亲自安排的。韩反修答应给他十万元。事后，韩反修只给了他五万。他之所以没逃走，就是等着向韩反修要那五万元。李政委当即布置警力对韩反修进行抓捕，在韩反修的情人那里抓住了他。李政委又亲自出马对韩反修连夜突审，韩反修对高个子交代的犯罪事实供认不讳。李政委出门后给张四清打了个电话，意味深长地说了一句，天网恢恢。

第二天，市里一位领导打电话给河东县委书记，询问韩反修的事情，严厉批评河东县在农村土地改革等方面行动迟缓，步子过小。韩反修被依法批捕的第二天，张守业和孙秃子的儿媳妇等尚没同韩氏集团签订土地流转合同的村民，在公证人员的公证下，签订了土地流转合同。张四清副县长亲自到场，并主持了韩氏农庄的开工典礼。

　　韩金富当时大病在身，行动不能自如，是被人抬到的现场。他在现场一直没看到韩反修，心里奇怪，回到家就问小朵，反修这小熊羔子跑哪去了。小朵不好再隐瞒，就把韩反修被捕的消息告诉了他。他听了，仰面望着天空好大一会儿，吐了几口鲜血，昏厥了过去。人们慌里慌张地把他送到县医院，已经不行了，当天夜里就与世长辞。他临死时眼角挂着泪，自言自语地连说了几遍，风水宝地，风水宝地……

　　张守业比韩金富多活了一年。他临死前好像得到了什么召唤，让张四清用车把他拉到三棵树。当时正是小麦收割时节，他看着地里几辆大型收割机，露出了欣慰的笑容。

原载《特区文学》2011年第2期

《作品与争鸣》2011年第11期选载

村长秘书

一

杨东东到达民全村时已是晚上九点。

如果没有在半路遇上刘小芹，也许他今晚都到不了民全村。

他只知道这个村地处两省三县交界，是全县最偏远的村，离县城一百多里地，与乡政府所在地的镇子也有十多里。镇党委组织委员韩委员倒是劝他在镇上住一晚。韩委员说，咱这个镇就剩下民全那几个山村还没通柏油路，两省三县老是扯皮。今年雨水季节过后打算修了。明天可能会有蹦蹦车或者摩托车过去，你可以搭车去。

杨东东知道韩委员说的蹦蹦车就是燃油的三轮车，那种车在城里

她的两条腿砰嚓砰嚓一直是一个节奏，让杨东东
想起学校锣鼓队打鼓的鼓槌，禁不住轻轻笑了。

跑都不安全，遇上个坎坷容易颠覆，何况是崎岖不平的山路？他听了
都感到心有余悸，更别说搭坐了。再说，全县这一批二十个大学生村
官，大都到了所在村子，他也急着想尽快到达工作岗位。他笑了笑对
韩委员说，十里二十里地小意思，我在大学参加军训时一口气都走过
五十里，然后挺了挺胸脯说，我在学校还是足球队员呢。

韩委员说，那好，那好。说着，翻箱倒柜找出了个手电筒，摇一
摇，又拍一拍，不见亮光，打开后盖取出电池，电已经跑冒滴漏光了。
韩委员有点不好意思地说，你走街上自己买两节电池装上，还能用。

杨东东在一家小店铺里买电池时，向店主打听去民全的路。这时
一个姑娘从店门前一闪而过。店主指着姑娘的背影说她就是民全人，
你跟她走就能到民全。

杨东东紧追几步，想喊那个姑娘，嘴张了张，没敢喊出口。

刚出镇子的路还好走，是柏油路，路上来往的行人车辆也络绎不
绝。杨东东和那个姑娘保持着四五米远的距离。不过，那姑娘步子快，
杨东东跟了几里地就感到气喘吁吁，有些撑不住。他心想，山里姑娘
走路都劲头十足！

到了一个山坡时，前边那个姑娘拐进了一条小路，杨东东还是跟
着她。可能是她察觉到了身后有人跟踪，步子突然加快了。她的两条
腿砰嚓砰嚓一直是一个节奏，让杨东东想起学校锣鼓队打鼓的鼓槌，
禁不住轻轻笑了。

前边的姑娘忽然走到路边弯下腰。杨东东一愣，马上想到她可能
是系鞋带。没料到那个姑娘直起腰后，突然猛地转过身来看着他。夜
色中杨东东看见她那双眼睛仿佛雪亮的利刃。

你想干吗？姑娘问他。她的两只手倒背在身后，不像要攻击他。他才放了心，回答说去民全。

姑娘说，你别在那骗人了，你这样的男人我见得多了。告诉你，我老公在前边等我呢。他要看见你跟踪我，不打断你的腿也打得你满地找牙。

杨东东乐了，说凭什么？再说他打我，我就站着让他打？我也有双手，而且是有力的双手！

姑娘就说，凭你跟着我，想要流氓就该打！

杨东东急了，说我真是去民全。

姑娘冷冷一笑说，又骗，你去民全？你在民全认识谁？

杨东东回答不上来了，犹豫一会儿才说，我是去工作。

姑娘哼了一声，说民全又没有机关企业，你去那里当农民修理地球呀？

杨东东说，还真让你猜对了，我就是去那里当农民修地球的。

姑娘低声骂了一句，油嘴滑舌。

杨东东严肃地说，我是大学生村官，真到民全工作的。因为不熟悉路，才跟在你后边。对不起，我应当先谢谢你这个向导。

姑娘似信非信。她身后砰地响了一下，好像有什么东西掉在地上。然后，她的两只手又放回到原处，继续往前走了。杨东东以为她掉了什么东西，因为赶路没有发现，经过她刚才站的地方时故意低头弯腰看了看，发现是一块半截砖头大的石头。他恍然大悟，原来她刚才弯腰是捡石头，幸亏及时解释清楚，不然那石头砸在头上脑袋不得开花破个洞？他倒吸了一口冷气。

越往前走路越狭窄，一会儿上坡一会儿下坡，路面也坎坷不平。杨东东拿出韩委员给他的手电筒照路。他在后边，手电的光亮照不到那个姑娘前边，于是他把手电筒高高举起来，让光亮尽量照到姑娘的前边。这样，他只能跟着感觉走，脚下不时被绊一下滑一下，忽然一个趔趄，幸亏那姑娘机灵，一把扶住了他。他说谢谢！那姑娘说还是你走前边吧，要不把手电筒给我也成！说着，往旁边一闪，侧身让杨东东走到了前边。

姑娘说，我叫刘小芹，民全村的。在镇上打工，每天都回家。

杨东东惊奇地说，那你一天来回得走多少路呀？

刘小芹说，习惯了，一天不走这么远的路还觉得不舒服。说罢笑了，笑声在夜空里格外清脆。杨东东受了她的感染也笑了。

人熟悉了，话自然就多了。刘小芹先是介绍去民全的路况。她说有两条路通民全，一条是大路，七绕八绕，路面也不平整。一条是脚下这条小路，比走大路少走四五里。她介绍完路况，又问杨东东为什么要选民全村当村官。

杨东东不知道怎样回答，反问为什么不能到民全当村官。

刘小芹半天没回答，这让杨东东感到纳闷。山上的风还很凉。杨东东看刘小芹穿得有点单薄，忍不住问了一句，你冷吗？接着他放慢了脚步，想从背包里取出风衣给她披上。

刘小芹警惕性很高，一下站住了：你，你要干吗？

杨东东弄了个没趣，低着头又往前走了。又到了一个坡上，刘小芹主动与杨东东打招呼，大学生，你看见前边亮灯那个村子了吧？那就是民全村。你就顺着这条路走，过了一座桥，先向左拐，走一截地再往右拐……

杨东东打断她的话，怎么，你不去民全？

刘小芹说，我得先去地里一趟，看看我们家地里的麦苗是不是还呆在我们家地里。

杨东东很惊讶，说我怎么听你这话像绕口令。你们家地里的麦苗不在你们家地里，难道还会长腿跑别人家地里去了？

刘小芹哼了一声，给你说你也听不明白。

杨东东说，你别瞧不起人，我虽然没在农村种过地，但是也知道庄稼是怎么长出来的。再说，我在大学读的是农村经济管理，农业上一些新科技新知识不一定比你知道的少。

刘小芹边听边鼓掌，好，好，我代表民全父老乡亲感谢上级派了个有知识的人。沉吟了片刻又说，希望你能在民全站得住脚，别屁股没焐热，凳子就让人给端走了。

杨东东不解地问谁，谁敢？我是上级安排来当村官的，我看谁敢端我！

刘小芹说了声拜拜，就向坡下走去。杨东东想追她，踌躇了片刻，却看不见她的人影了。他知道她并没走远，大声喊了一声：你们家的麦苗要真长腿上了宇宙，我请我的老师同学来做研究。

和刘小芹分手后，杨东东边走边琢磨刘小芹的话，越琢磨越觉得刘小芹话里藏着什么东西。这一琢磨倒让他忘了刘小芹告诉他的左拐右拐，过了桥就向右拐了。走了一会儿他又犯了难，刘小芹说的走一截地，他没学过这种计量方法，弄不清一截是多远，这样绕来绕去耽搁了二十多分钟。后来，他遇到一个骑自行车的中年男人，那个中年

一个姑娘清脆的声音在身后响起。骂谁呢，谁骗
你了？明明是你走错了路，还骂别人。

　　男人告诉他走错了方向，说你要去民全村往回还得走一小时，搭我的车，我送你两截地。杨东东十分高兴，连说谢谢。上了那个中年男人的自行车，他问那个中年男人，你们说的一截地是多远？中年男人没回答。杨东东看他的自行车车杠上绑着一根棍子，身上还背着一只喇叭状的铁皮话筒，觉得这人怪怪的，也没再多问。

　　快到民全村口时，那个中年男人让杨东东下了车。杨东东又一连说了几声谢谢。那个中年男人说，不用谢，要谢也得我谢你。给钱吧，五元！一截地两元五。

　　你，你这人……杨东东下边的话没说出口。他掏出五元钱给了那个中年人。那个中年男人翻身上车走了，嘴里竟然得意地吹着口哨。杨东东冲他的背影愤愤地骂了一句骗子。骂声刚落地，一个姑娘清脆的声音在身后响起。骂谁呢，谁骗你了？明明是你走错了路，还骂别人。说话的是刘小芹。

　　杨东东喜出望外：刘小芹你从哪儿过来的？你们家地里的麦苗搬家了吗？

　　刘小芹没接他的话茬。他们前边倒是传来一个苍老的声音，芹回来了，和谁说话呢？

　　杨东东用手电一照，面前站着的是个年过半百有点驼背的小老头。刘小芹厉声说了句，别照！然后三步并作两步走上前去，扶住那个老头，爸，不是不让您接吗，您怎么又来了？

　　刘小芹的爸爸已经看见了杨东东，问刘小芹这人是谁？刘小芹没回答，指着村里的最高建筑——一栋小楼说，那就是村主任刘光头家。走了几步，又哎了一声，叮嘱地说，你当面不能叫他主任，得叫村长。

杨东东问，为什么？他看不清刘小芹的表情，但能明显感觉出刘小芹很不耐烦。

二

给杨东东开门的是一个和刘小芹年龄相仿的姑娘。她打量了杨东东一眼，你找谁？

杨东东说，我不渴，不找水。我是来找村委会刘主任。

那个姑娘哈哈大笑，你这人挺逗，我问你找谁，你说你不渴。

杨东东这才想起，在村口时听刘小芹的父亲也是这样问的。看来，这个地方人把谁读成水，是一种方言。他冲那个姑娘不好意思地笑了笑。果然，楼上又有人大声喝问，谁？找谁？

开门的姑娘仰头回答，爸，找你的，一个男孩。说着，把杨东东朝楼上带。杨东东心里老大地不高兴，你说不定还没我年纪大，凭什么称呼我男孩？忽然，一条身材硕大的黄狗噢噢叫着向他扑来，他吓得赶忙躲到那个姑娘身后。那个姑娘冲黄狗扬扬手，二聋子老实点。黄狗老老实实地蹲在地上。她转过身用右手食指点了下杨东东的额头，又扬了扬左手的小拇指说，堂堂一男子汉，比老鼠胆还小。不就只狗嘛，又不是老虎！说罢，嘿嘿笑了。

人没上楼，就闻到一股浓烈的烟味。杨东东皱了皱眉头，犹豫了一下。他从小就怕闻烟味，一闻烟味浑身不舒服。有一次参加一个聚会，一桌十个人有八个抽烟，他耐着性子参加完聚会，回到家就钻到卫生间里冲澡，光沐浴露就用了半瓶子。后来，他爸他妈再带他出去聚会，见到有人抽烟，他妈就开玩笑说你赶快别抽了，给我们家省点沐浴露钱吧！可是，现在这个时候，他不上楼又不行。村主任在楼上，你总不能等他下来见你吧？

二楼是个宽敞的大厅，中间摆着一张方桌，两男两女正在打麻将，旁边还有个三十岁出头的男子一边喝酒一边看光盘。一个光头男人头也没转地问，你找我啥事？怎么悄无声息地来了？

旁边那个看光盘的男子说，鬼子进村都是悄悄的！

于是屋子里的人一阵大笑。杨东东也笑了笑。

那个带杨东东的姑娘上楼后，就站到光头男人的身后给他捏肩，所以杨东东知道那个光头就是村委会刘主任。他小心地问，刘主任您接到韩委员的电话了吗？

光头男人冷淡地问了一句，哪个韩委员？

镇党委管组织的韩委员！杨东东突然想起刘小芹告诉他的话，又喊了一声，刘村长，我叫杨东东，大学生村官。

刘村长这才看了他一眼，你就是杨东东，挺帅气的小伙。然后对她女儿说，柯柯，给杨，杨……他皱了皱眉头，叫你杨村官吧，没这个职务，也不顺耳。

杨东东说，叫我小杨吧！

咱村哪还有位子，二叔，不是来争你的位子吧？那个看光盘的男人从中华烟盒子里抽出两支烟，夹在上下唇中间，一起点了火，拿着其中一支恭恭敬敬地放到刘村长嘴上。柯柯从刘村长嘴上把烟夺下来，狠狠地扔在地上说，三光叔你太恶心，我警告过你几次，你叼过的烟别朝我爸嘴里放，多不卫生。

坐在刘村长对面的妇女接上说，我闺女说得对。三光你一天到晚在县城和镇上找三陪女人亲嘴，嘴皮子都污染了，别把你二叔传染了。

于是屋子里的人都放肆地开怀大笑。有个和刘村长媳妇年龄相仿的妇女说，三光你二婶子不光怕你传染你二叔，怕的是你二叔再传染给村里的其他女人。说完，屋子里又是一片放荡的笑声。

刘村长的媳妇又说，三光真正想亲的，别说嘴了，连腔也没沾上。

刘三光冲杨东东不住地点头，笑容背后隐藏着不屑。他这回拿着烟盒，把烟弹出一支，送到刘村长嘴边。刘村长一张嘴含住了。等刘三光把烟点着，他抽了一口，才笑一笑说，我是村民选举的，县长也没权罢免我。等杨东东坐下后，又对杨东东说，小韩给我说了几次大学生村官怎么怎么重要，好像少了你们地球就不转了。他让安排你当支部书记助理或者村长助理，可这不是我说了算，支部那边是杨书记说了算。村委会成员得村民选举，村民外出打工的占一多半，开不成会。咱可没胆违反法律。他挠了挠头皮又说，这样吧小杨，你就当我的秘书吧！

那个看光盘的男子咧着大嘴笑，然后说，好，叔你真有思想。

村长秘书？杨东东心里一万个不高兴，但是表面上没表现出来。韩委员给他谈话时再三强调要和村干部搞好团结，他爸爸在送他去汽车站的路上，也反复交代他不能像在家里那样动不动耍脾气。他想明天给韩委员反映一下。

刘村长见杨东东不说话，就对看光盘的男子摆摆手说，三光，你把杨秘书送到大库去，我已交代他们给杨秘书把房子腾好了。

那个叫三光的男子有点儿不情愿，但又不敢违拗刘村长。他又从中华烟盒里抽出两支烟分别夹在两只耳朵根上，晃荡着脑袋在前边下

村街上黑灯瞎火、空空荡荡，偶尔可以看见一
两只狗垂头丧气地在路边逛荡。

了楼。杨东东走到楼下，柯柯追了下来说，杨东东，大库那边不能烧水，你带两瓶矿泉水留着喝吧。杨东东接过矿泉水，说谢谢你柯柯。柯柯又用右手食指点了下他的额头说，再来可别见了狗就跳啊！

出了刘村长家宽大的院子，紧挨着的房子大多是砖瓦房，还有一些是草房。村街上黑灯瞎火、空空荡荡，偶尔可以看见一两只狗垂头丧气地在路边逛荡。不知从哪间房子里传来一位老人剧烈的咳嗽声，惹得刘三光老大不高兴，嘟哝说老不死的还不死，等着医保给你治病呢。

杨东东对刘三光的话很反感，脱口而出道，医保是国家给的，他是中华人民共和国公民，有权享受。

刘三光推了杨东东一个趔趄：你真以为你是村官？告诉你，在民全村我叔是老大，我就是老二。

杨东东忍了又忍，没有发作。

到了住的地方杨东东才发现，被刘村长称为大库的地方，其实就是村两委办公的地方，总共有两间，安排他住的是村党支部的办公室。一面墙上挂着马恩列斯毛主席像，纸边已经发黄。另一面墙上贴着一排排锦旗奖状，落款的时间大都是十几年前，最近的也是五年前。屋的一角，堆放着小山似的书籍，有不少捆还没解开绳子。两张办公桌都是砖头垒起来，上边是水泥桌面，落了厚厚一层灰。屋子里摆了一张床，床上放了一件旧军大衣。刘三光进了屋首先去开窗户，然后站在窗子前抽着烟朝外看，一副全神贯注的样子。杨东东没去理会他，放下行李就开始收拾屋子。

突然，刘三光冲着窗外吹起了口哨。杨东东扭头看了他一眼，想

说让他到外边去抽烟，话到嘴边又咽了回去。这时，他听见哗地一声响，外边有人向窗户泼水。他想走过去看，刘三光把他挡住了。刘三光头发全湿了，水珠顺着额头往下流，他说，杨秘书你是新来的更是外来户，我好心劝告你不要没事给自己找事。

　　刘三光说完，抹着脸向外走，到了门口又反回身，把窗户关上才又离开。杨东东觉得好奇，刘三光刚才在窗口看什么？又是什么人朝他身上泼水？依他的性格和脾气为什么没有发作？直到铺好床躺下，他还在想着这一个个问题。

　　爸您先上床歇吧，我洗完衣服就睡。窗外一个女孩的声音让杨东东觉得有些耳熟。突然想起来了，是刘小芹！他赶忙打开窗户向外看。这时月亮从云层里钻了出来，虽然天地间灰蒙蒙的，但可以看到窗外是个院子，院子里有棵树，由于叶子还没长浓密，能影影绰绰看见树下一个人在弯腰洗衣。那个人显然听见了他开窗户的声音，低声说你还想找骂是不？刚才泼你一头水，信不信我把我爹的屎盆子扣你头上？

　　杨东东笑着说，刘小芹，是我，杨东东。

　　刘小芹直起腰，看了他一眼，蹑手蹑脚地走到窗户前，用手指了指嘴，又指了指自家屋子。杨东东马上领会她的意思是别吵着她爸妈。他把头伸到窗外，房子不高，刘小芹个子高，站得又近，两人的头几乎挨到一起。刘小芹指了指屋子说，那个流氓走了吗？杨东东点点头。刘小芹笑着说，你要不说是你，我真把尿盆子扣你头上了。

　　杨东东问，你们家就住这儿？

　　刘小芹点点头，问他，让你住这儿啊？这屋子死过人，你不怕半夜鬼敲门？

杨东东说我又没做亏心事，为什么要怕？话是这么说，心里还真有点儿瘆得慌。

　　刘小芹说，你昨天没做亏心事，今天没做亏心事，明天后天就会做亏心事。

　　杨东东问，你这话什么意思，你说话能不能别掖着藏着？

　　刘小芹犹豫了一下说，你和刘光头那样的人一起共事，不做亏心事才怪呢。我还没见过出污泥而不染的，只是染了多少而已。

　　杨东东乐了，说你还而已而已的，像个大学究。他感到有点渴，转身拿来柯柯送的矿泉水，打开一瓶先递给刘小芹。刘小芹说不渴，就是渴也不喝刘光头送的水，怕中毒。

　　杨东东喝了两口水才说，我不想在你们民全呆。

　　刘小芹一愣，盯着他的眼睛看了一会儿：怕艰苦？你是城里人吧？见杨东东点头，又说，我路上没说错吧，看看，你屁股别说没焐热凳子，连坐还没坐呢。

　　杨东东说，你们那个村主任欺负人，让我当他的秘书。我是上级派来的村官……

　　刘小芹没等他说完就火了：哟，我以为什么大事呢。你是来当官还是来给老百姓干事的？你要是当官根本就不该来农村，就是村长算多大的官？

　　刘小芹说完转身走了。她把盆里的衣服一件件捞出来搭在铁丝上，直到进屋也没再朝窗户这边看一眼。杨东东被刘小芹几句话说得脸上发烧，回到床上躺下后身子像翻贴饼子一样翻过来覆过去。

　　他真正感觉到了这个村官不好当。

这时候，杨东东的妈妈打过电话来。他妈说，你爸不让我给你打电话，怕影响你。可我想你呀儿子。你住的地方怎么样，能洗澡吗？

经妈一问，杨东东才感到身上不舒服。在刘村长那里沾了一屋子烟味，刚才刘三光在这屋里又留下还没散尽的烟味。如果不洗个澡，恐怕今夜都难以入睡了。他坐起来四下看了一眼，不要说水管子，连个脸盆也没有。他长长地叹了口气。他妈听他叹气，急了，说儿子你是不是不高兴？他不想让妈担心，也不想再听妈啰嗦，就让妈把电话给他爸。他开门见山地对爸说了刘村长让他当秘书的事。他爸听了沉吟片刻，说，组织让你干什么你就先干着，不要让组织认为咱挑三拣四。

放下爸的电话，杨东东长长地叹息一声，什么组织？就他刘光头一个人说的……

三

第二天早上，杨东东六点半就起了床。其实，他一夜几乎就没睡着。好在屋子里有电灯，他凌晨一点爬起来一次，在堆积如山的书报堆里翻腾了一会儿，发现有一张五年前的县报，上边登载着民全村党支部书记杨进的事迹。报上说杨进十八岁高中毕业那年，为了改变家乡贫穷落后的面貌毅然回村，从团支部书记干起，到大队党支部书记，后来又改成村党支部书记，一直干了三十多年。他和村党支部带领民全百姓植树造林，把民全的荒山全部绿化了；兴修水利，实现了所有的田块都能浇灌……正当他雄心勃勃，打算带领村民调整种植结构、提高农业效益、增加农民收入之际，由于长期劳累，患了肝癌，住进了医院。在县城住院期间，村民们自发地为他筹措了两万元钱为他治病。县报记者在描写村民捐款的场面时动了感情，杨东东读着读着泪水不知不觉地流了下来，再回到床上躺下，心情好长时间不能平静。我明天就去拜望这位老支书，他想。

凌晨三点，他又醒了一次。这一次是被噩梦吓醒的：他和一个年轻漂亮的女孩在树下相遇，二人紧紧拥抱，正要接吻，突然从树后扑出一条凶猛的大黄狗，恶狠狠地向他们扑来。他睁大眼睛一看，那只大黄狗瞬间变成了一个陌生的男人……妈的，怎么做这样的梦？他不安地在地上走了几圈，再上床以后浑身真的痒痒起来。好不容易入睡，睡了一会儿鸡又叫了。他长这么大还是第一次听鸡叫，而且是几百只鸡一起引吭高歌般地叫，此伏彼起。鸡叫声又引发了狗叫声和牛驴骡马的叫声，不过这几种动物的叫声不同鸡叫那样团结，而是单调分散，无精打采，有的还仿佛受了惊吓。杨东东打开窗户，看见刘小芹手里攥着玉米粒，正在给鸡喂食。十几只鸡跷着细长的腿，围着她像跳芭蕾舞一样。她很开心，那些鸡也兴高采烈。杨东东忍俊不禁笑出了声，心想这也许是真正的农家乐吧！

刘小芹冲他腼腆一笑，起了？

杨东东点点头说，哎，向你借样东西。

刘小芹一愣，说，我们家一贫如洗，能有什么可借给你这个民全村高干的？

杨东东把屋子一角放着的旧铁皮桶递给刘小芹说，借桶水，我冲个澡。

刘小芹朝屋子里看了一眼，接过水桶，到院子里的手压井边去打水，几只鸡跟在她的后边，好像要保卫她。她提起水桶，无奈地摇摇头，把水桶丢在地上。杨东东看得非常清楚，那个铁皮桶破了几个洞。刘小芹回到屋里，取出一只红色塑料桶，打了一桶水递给杨东东，认真地说，你赶快把窗户关上，我爸要是看见你，不敲破你的头才怪呢。

杨东东正要关窗户，她又问了一句，你不掺点热水，不怕冷？杨东东拍了拍胸脯说，我在学校天天洗冷水澡，习惯了。

洗完澡，杨东东下了碗面条简单吃了，然后就等候刘村长来安排工作。一直等到十点钟，还不见刘村长的影子。他沉不住气，去了刘村长家，刘村长家的大门上了锁。他正要离开时，刘三光骑着摩托车过来说，大秘书，早请示晚汇报坚持得不错。

杨东东瞪了他一眼，尽管他已经接受了刘光头的安排，但秘书的称呼仍然让他心里觉得很别扭。

刘三光告诉他说，我叔一早就陪我婶去镇上了。今天镇上逢会，你不去看看，你没见过农村逢会吧？人山人海，周边村子里的美女都到了，保准你看得眼花缭乱。

杨东东摇摇头，他不想和刘三光多聊，就朝村里走。刘三光骑着摩托车在后边跟着他。到了路口，刘三光突然低声问他，杨秘书，你没开窗户吧？

杨东东没理刘三光。刘三光没趣地走了。杨东东下意识地回头看了一眼，见刘三光在村头追上了一个姑娘，再仔细一看是刘小芹。刘三光不知给刘小芹说了几句什么，刘小芹用手指了指他，他伸手去拉刘小芹，刘小芹一闪身子让他扑了个空，连人带车摔倒在地上。刘小芹哈哈大笑着一溜小跑下了坡。杨东东也高兴地笑了。

　　　　　　右边是梯田，一层、两层、三层……整整齐齐，
　　　　让他想起一位名人的油画。

　　杨东东想去找老支书杨进，一打听才知道杨进住在后山上。他回屋里换了双旅游鞋才向后山走去。从村子里到后山有二里地的路程，沿途除了路不好走，风光却让他有点儿着迷。左边的山坡上是果园，果树已经开花，红的、黄的、粉红的、金黄的花儿在阳光下竞相开放，笑逐颜开。随着一阵阵硬朗的山风，浓浓的花香直往人的心肺里钻。右边是梯田，一层、两层、三层……整整齐齐，让他想起一位名人的油画。

　　到了杨进家门前，杨东东愣怔了好大会儿。一座小院落，围墙是用石块垒成。院子里有几十棵树，都长得高高大大、魁梧健壮。一排五间石墙的房子从树丛中闪现出来，其中两间房顶是红瓦，三间是猴戴帽，也就是上半截是瓦下半截是草，他在农村实习时听当地农民这样介绍过。可以看出房子已上了年纪，少说是二十年前盖的，房顶的红瓦被雨水冲刷得变了本色。杨东东想，村支书家和村长家房子的反差太大了吧？

　　也是狗先叫，狗叫声一落是脚步声，院子里走出一个年约五十岁上下的老妇人。杨东东想这位可能就是杨进的媳妇，于是喊了一声杨奶奶。老妇人扑哧笑出了声，你是找我爸的吧？我可不敢当你奶奶。我叫杨梅，是杨进的大女儿。

　　杨东东弄了个大红脸，不好意思地上前去握杨梅的手，心里却在想着，杨进今年六十岁出头，他女儿最多四十岁上下，怎么长得这么老成？再看看她身上的穿戴，和刘光头的女儿柯柯几乎就是一个天上一个地下。

　　杨梅没和杨东东握手。她说我刚给我爸换过褥子还没来得及洗手，

咱就不客气了。然后把杨东东让进院子里，搬了把凳子让他坐：你先坐着，我去把我爸弄出来，他屋子里的气味不好闻。

杨东东上前一步跟着杨梅进了屋，他说我来背老支书。杨梅想拦他，他已经跨进屋子里。屋子开了两扇窗户，光线从窗户透射进来，满屋都是清新的阳光。正如杨梅所说，就是空气有些混浊。杨进虽然躺在床上，但精气神并不差，红光满面，说话声音也很洪亮。他说你是小杨吧？我听说了，新来的大学生村官，欢迎欢迎！

杨梅把杨进抱到一把截了腿的椅子上，和杨东东一起把杨进推到院子里。杨进好像不太适应外边强烈的光线，闭目一会儿才慢慢睁开，拉着杨东东的手，让他在自己旁边的凳子上落座。杨东东刚要坐，他又拍了一下他的屁股，用手擦了擦凳子上的浮土才让他坐下。他的动作虽然很不经意，却让杨东东心头涌过一阵暖流。

杨进说话开门见山。他先向杨东东介绍了民全的基本情况。一边介绍，一边用断了半截的筷子在地上画着图。介绍到民全的生产情况时，他说民全四个自然村，一半的土地在一条朝阳的山沟里，雨水多，阳光足，长出的水果好，就是卖不上价钱。遇上光景不好的年月还卖不出去，很多人家把烂苹果当饭吃。

杨东东问，为什么不组织起来，搞成联合体？再整体包装一下，注册个品牌，增强市场的竞争力。你竞争力强了，群众的收入才会水涨船高。

杨梅说，都让刘光头个老丈人羔子给弄砸了！

杨进瞪了女儿一眼说，小杨是民全的村官，我和小杨在谈工作，你该忙啥忙啥去，这里没你插话的地方。

杨梅有点不高兴，转身进了锅屋，接着锅屋里传出锅碗的碰撞声，明显是杨梅在拿它们出气。杨进摆摆手说不理她，咱爷儿俩唠。他问杨东东见没见到刘主任？杨东东点点头，他没有把刘光头让他当村长秘书的事告诉杨进。杨进好像对他任什么职务，分管什么工作也没太大兴趣，还是给他讲民全的生产。他说，还有一半的土地在河边，就是你来咱村经过的那条沙河。那边靠水，地有劲。

　　杨东东说，土要是好，可以在调整种植结构上用点工夫。

　　杨进说，刘三光倒是成立了个农产品流通类的公司，在镇上办公。咱民全和周边几个村的水果、蔬菜、烟叶，包括粮食都是他运到外边去……

　　杨梅端着盆到猪圈倒刷锅水。农村养猪的人家，刷锅水是猪的好饮料。她听见了杨进的话，不高兴地说，爸您给杨村官也实事求是介绍。咱村和外村多少人反映他刘三光赚钱太黑，净骗老百姓，他的收购价格比镇上任何一家给得都低。

　　这回杨进没说话。

　　杨梅说，就说他收苹果吧，先不说好价格，收了放在仓库里，这一家那一家都写好名字。然后等，等到苹果大面积下来了，他才给你谈价格，那时候价格已经下来。其实呢，他在苹果还没下来时就和大城市的水果商签订了合同，就等着压自己父老乡亲的价，赚自己父老乡亲的钱。

　　杨进说，人家说了，那是搞市场经济！

　　杨梅呸了一声说，爸您就替刘光头他爷俩打圆场吧，您知道村里有人背后怎么损您吗？她可能看见了杨进的神情变化，赶忙打住话头，转身又进了锅屋。杨东东坐在杨进旁边，杨进的神情变化他看得清清楚楚。杨进听了杨梅的话，脸上的笑容瞬间消失，眉头也皱紧了，暗淡的目光望着远处的山顶，好大会儿也没说话。杨东东一时不知对杨进说什么，沉默不语地坐着。听见有人来了，他的脸上才恢复了平静。

来者是一位和杨进年纪相仿的老汉。他本来个子很高，但由于驼背显得矮了。他双手倒背着，身后横着一根棍子。杨东东想这里的村民怎么都喜欢拿棍子，是防身呢还是探路呢？那个老汉看见杨东东，一边转身朝外走，一边说你们家有客人，我下地转一圈再来。

杨进说，平安兄弟你别走。这不是客人，是咱民全人。

那个老汉转过身，看了杨东东一会儿，满眼都是惊讶：是咱民全人，我怎么没见过，谁家的小子。

杨进笑了说，我还能骗你？真是民全百姓的小子。他叫杨东东，大学生村官。

那个老汉似信非信，一边往回走一边端详着杨东东。杨东东在他进门时就已经站了起来，把凳子让给了他。杨梅又搬了一只凳子出来，放在杨东东脚下。那个老汉坐下后，挨着杨进的耳朵问，是不是要换刘光头？杨进拉着他的手说，这话可不能瞎说，传出去不好。大学生村官是来帮助咱致富的，不是替换村主任。那个老汉听了有些失望，又看了杨东东一眼，直言不讳地问，小伙子你真有本事让我们致富？

杨东东不好意思地笑了说，大爷，我得向你们学本事。

那个老汉摆了摆手，转头又去和杨进说话。他告诉杨进，刘光头叔侄俩跟催命鬼样，天天号叫种烟叶。刘光头在镇上的会上拍了胸脯，说民全今年要种八百亩。他问杨进知不知道。

杨梅此刻已经坐在院子里洗衣服。她接上说，我爸在刘光头眼里就是聋子的耳朵，摆设。他需要我爸帮他说话才来找我爸，整个拿我爸当枪使。

杨进生气了，脱下鞋子朝杨梅扔过去。鞋子落在洗衣盆里，溅了杨梅一脸一身洗衣粉沫。杨梅气得哭着跑屋里去了。那个刚来的老汉不乐意了，忽地一下站起来，用手中的棍子指着杨进说，你老杨哥也太不对了，闺女的话说含糊了吗？没有。你想听听咱那帮老哥们骂你的话吗？好，我说给你听！轻点儿的，说你大病缠身，行动不便，想管村里的事可无能无力；重点儿的，骂你让刘光头叔侄堵院子里骂两回骂怕了；还有的说你知道刘光头上边有人，你为了拿当村干部的那点补贴和补助，向刘光头低头……

哪个不吃人粮食的人说的？就不怕断了舌头根？杨梅从屋里风风火火跑出来，两手叉着腰，跺着脚大骂，我爸身子动不了，脑子比他们强。说我爸不管事，那是我爸的错吗？你们刘家是民全的大户，刘光头爷俩想做啥子事，和你们刘家的人先商量好，到村民会上走走过场就过了，让我爸怎么说？刘光头天天喊着叫着现在是村民自治，支部书记不能一手遮天你们听不见？你家小芹妹妹那天见我还替我爸喊冤呢！人叫平安叔你二聋子，我看，我看你真聋了！

杨东东这下子明白了，刚才来的老汉是刘小芹的父亲。他不明白的是为什么叫他二聋子。昨天晚上在刘村长家，刘村长的女儿柯柯称她家的狗也是二聋子，难道……

村长秘书

刘平安的脸涨得通红，他不停地用棍捣着地，好像在发泄心中的不满。杨进几次想阻止女儿，站又站不起来，手里也没了可扔的东西，只好用手指着杨梅。杨梅好像一肚子怨气没处发泄，接着说，刘光头刘三光经常偷着在西边岗上砍伐树，要不是我爸阻拦，又给县上和镇上反映，上边派人来查，西边岗上现在早变成秃顶了。她说完了，又回了屋里，不过她这次没有关门。杨东东觉得自己该说点什么，想了想说，杨书记、刘大爷你们也别着急。在农村党支部是领导核心，村民自治也得在党的领导下。他刘主任说别人不能一手遮天，那他也不能一手遮天。村民自治不是村主任自治，老百姓拥护的还是真正代表他们利益的。

杨进听了杨东东的话，拍了拍他的手说，好，好，小杨你说得好。

刘平安的眼珠子滚动几下，一边起身向外走一边念叨，骗，就骗吧！

杨东东等刘平安步履蹒跚的身影消失在门外，好奇地问，他怎么那么大的火气？

杨进笑笑没回答，杨梅在屋里说，他认为你骗人。

杨东东的脸刷地一下红了。他想，我怎么骗人了呢？

杨进拍了拍杨东东的手，意思是让他不要介意。接着，他又向杨东东谈了村里党员和党组织的基本情况。年轻力壮的党员大多数外出打工去了，剩下的党员年龄都大了，有的身体不好，有的不想多揽事，像刘平安这样还忧村忧民的不多。他自始至终没提村主任刘光头叔侄一个字，这让杨东东感到奇怪，同时也对杨进油然而生一种崇敬。

离开杨进家，杨东东一边走一边想着刘平安对杨进说的种烟叶的事，觉得这里边一定有文章。

该不是骗吧？他想。

四

从杨进家出来，杨东东到西山岗去了一趟。看见有农民在给苹果树施肥，他主动上前帮忙，借这个机会和他们聊天，了解民全的情况。可是，一谈到村务，那些人不是回避，就是说刚从外地打工回来。这让杨东东有些失望，心想，这地方穷也不怪，但是人的思想观念太保守太落后。

下午，杨东东又在村里转了转，临傍黑，刘光头派人把他找了去，张口就问他，你到底是纪委派来的还是组织部门派来的？

刘光头的话让杨东东感到莫名其妙。他想起上楼时碰见柯柯，柯柯好像不认识他，他给她打招呼，她哼了一声把头扭到一边。他上了楼，刘光头连寒暄也没有，开门见山就扔给他这样一句话。他愣了愣，问刘村长您这话从何说起？

刘光头斜着身子坐在沙发上，左腿高高地搭在沙发扶手上，用右手搓着脚趾缝，显然是在搓脚气，沙发布上已落了一层白色的末儿，左手却夹着烟，换脚的同时夹烟的手也换了。杨东东觉得有点恶心，又不敢转脸。别人说话时，你最好看着人家，这是对人家的基本尊敬。他懂这些礼节。

刘光头说，年轻人你别骗我。我问你今天一天你都干了啥？

杨东东实事求是地说，我刚来想搞搞调查研究、摸摸底。

刘光头冷冷一笑说，我不是任命你做我的秘书了吗？这个秘书嘛……你懂不懂啥叫秘书？给领导写讲话稿、拿公文包、端茶扫地、开车门。

杨东东忍不住了：我是……

刘光头打断他的话，说我知道你来当村官。秘书就是官嘛！咱乡书记过去就是县委书记的秘书，咱县长过去就是市委书记的秘书。你当我的秘书，以后……刘光头找不到合适词了，又用搓过脚气的手去挠头皮。他说，你就是真要搞调查研究，也得经过我这个领导同意，让我安排一下吧？

杨东东理直气壮地说，我既然来民全当村官，就有搞调查研究的权力，谁也不能限制和剥夺我的权力。

刘光头一脸惊讶的表情：你，你小子刚来就想夺权？

杨东东严厉地瞪了他一眼。刘光头显然被杨东东的气势给惊住了，好大会儿没说出话。杨东东也不想再待下去，说，刘村长你要没事，我就先回去了！说完头也不回地下了楼。

柯柯正在一楼大厅里看电视，见他下楼，嘲讽地说，你还挺威风，这几年敢在我爸面前大声说话的你还是头一个。

杨东东没理她。出了刘光头家的大门，他直奔村外而去。他想，我是大学生村官，搞点调查研究都要受气，以后工作怎么做？杨东东边走边想，走了半里地又折回头。人们常说回头路难走。杨东东往回走时，两腿好像被一根松紧绳扯着，迈出一步都要使出比平时大得多的劲。你小子刚来一天，遇到点困难就退却，领导怎么看你？回到家又怎么向爸爸妈妈交代？弄不好你会成为一个反面典型……

她突然站住了，弄得杨东东措手不及，差点儿撞到她身上。

杨东东快到村头时，刘小芹气喘吁吁一路小跑赶上了他。一开始他也不知道是刘小芹，刘小芹也没认出他。等到刘小芹从他面前跑过，他从背影认出是刘小芹。他喊她的名字，她站住了说，你，你怎么会在这儿？他说我在田野上走走，呼吸呼吸新鲜空气，欣赏一下山村的夜色。刘小芹掏出手绢擦了擦脸上的汗，又习惯地撩起衣襟想擦身上的汗，突然又不好意思了。杨东东开玩笑说是不是后边有人追你，你那样急忙？刘小芹说有人追我倒不怕，我是怕有人偷。

杨东东乐了，说你这么大个人，谁能把你偷了去？又不是小玩意儿偷了能掖能藏。

刘小芹长长地叹了口气，低着头朝前走了。杨东东紧走几步，几乎和她肩并肩，她又加快了步子，和他拉开了一步的距离。这样走了几十米，她突然站住了，弄得杨东东措手不及，差点儿撞到她身上。刘小芹问杨东东村里是不是开会了，杨东东实事求是地说不知道。刘小芹惊奇了，你怎么会不知道？你不是村官吗？刘光头的村长秘书吗？班子开会能不通知你参加？

杨东东想说没骗你，话到嘴边又改了口说，骗你是小狗。

刘小芹嘿嘿笑了，说，你这弯子转得倒挺快，到底是大学生，脑子好使。

杨东东说，我一天都在村里搞调查研究。不信你回家问问你爸，我在杨支书家见到他了。说完他问刘小芹出了什么事？刘小芹开始不答。他觉察出刘小芹不信任自己，心里有点不高兴，也没再问她。两人都沉默了，就像互不相识的陌生人，只是巧合了走在一条路上。就在离村口还有几十米远的时候，一道雪白的亮光突然向他俩射过来。

杨东东明白那是摩托车灯光，但不知道开灯照他俩的人是谁，就喝斥了一声，干什么，讲点文明好不好？刘小芹却猜到了那个人，突然出其不意地从衣袋里掏出一个纸包，朝灯光亮的前方扔过去，边骂刘三光你个绝户头，早晚不得好死。

杨东东一愣，怎么会是刘三光？他看见刘小芹扔出去的纸包散开后，飞扬的是一片白色雾状的东西。

果然就是刘三光。他拍着巴掌，一边迎着杨东东和刘小芹，一边嘲讽地说，我叔就他妈的伟大。看看果真让我叔猜中了吧？杨村长秘书来民全一是镀金二是搞小妮。我怎么就没想起把数码相机带在身上，好给你们拍张照片。

杨东东气愤地说，你刘三光别血口喷人，我是刚刚迎到她。

刘三光已经走到离他只有二三步的距离，嘴里喷出的酒气熏得他皱了皱眉头。刘三光说，贼不打三年自招，这话好像对你杨村长秘书说的。你说你迎她，你为啥迎她？

刘小芹显然不想和刘三光纠缠，转身从路边的田埂上绕过了他。刘三光也没追她，故意用身子挡着杨东东说，姓杨的你给我听好了，刘小芹是我的女人，你千千万万、万万千千不要打她的主意。不然的话，别看你是站着进的民全，到时会躺着出去。

刘三光这话激怒了杨东东。杨东东冲他挥了挥拳头，气愤地说，我就不信刘小芹那样的好姑娘会看上你这样的人。你越是不让我接近她，我还就偏偏接近她，我看你敢把我放倒了抬出民全！

刘三光一下子张口结舌。他冲着地上的一块小石头狠狠踢了一脚，小石头被踢飞了，他自己的脚趾也被小石头撞疼了，一手抱着脚哎哟哎哟叫，一只脚在地上跳着独舞。杨东东感到很解气，哈哈大笑。他正要从刘三光身边过去，刘三光一把拉住了他说，哎，我告诉你杨村长秘书，刘小芹可不是你说的好姑娘。她在镇子上的美容美发店当洗头妹，三陪小姐！

杨东东感觉好像一只苍蝇飞落嘴里，又无所阻挡地钻进肚子里，让他想呕吐。不过，他没在刘三光面前表现出自己感情的变化。

回到住处，杨东东急忙打开手提电脑，想上网与同学聊聊当村官第一天的感受。电脑打开了，才想起这民全村没有开通上网。他快快不乐地关上电脑，仰面躺在床上。他听见后窗外刘小芹家院子里有人说话，于是凝神听起来。

小芹，你真看见咱几家的地边撒了白灰？

一点没错。你看看我还特意抓了一把白灰。坏了，刚才在村口碰上刘三光，我想砸他，把那包白灰给扔了！

杨东东这才明白，刚才在村口刘小芹扔出的白色雾状的东西是白灰。

刘小芹的爸爸刘平安问，刘三光又上村头迎你了？我今儿个有点累，没去接你，这小鬼头钻了空子。

刘小芹说，爸您别为我担心，有好人帮我。

好人？咱民全有几个敢和刘光头刘三光作对的好人？这是一位妇女的声音。杨东东猜想刘小芹家院子里最少有四五个人，而且不光她一家人。他好奇地悄悄走到窗户前向刘小芹家院子里看了一眼。果然，院子里有七八个人，有蹲着的有坐着的也有站着的。其中一个手里挂着棍子站着的男人，杨东东觉得在哪儿见过，一时又想不起来。那个男人说，看这架势刘光头要对咱动硬的。咱咋办，跟他干到底？我今晚就在地里搭个窝棚睡在那……他的话没说完，坐在小凳子上的一个妇女猛地站起来，推了他一下：刘福你就不怕刘三光那个缺心眼的，趁你睡得像死猪时把你用席子卷了扔沟里？你要有三长两短，我们娘儿几个咋过？

那个叫刘福的男人双手挥着棍，朝地上狠狠地砸了一下。

刘平安等几个人静下来以后，慢条斯理地说，这事，我还得找杨支书反映反映。

刘福的媳妇说，找他反映顶个屁用？他又得说我了解了解。他爬都爬不到咱地里，向谁了解去？就是了解了，他又能拿刘光头怎么样？

刘福也说，找杨进真不顶用。咱村党支部三个支委，一个让刘光头安排在县城带小工，还给他说党员干部要带百姓致富。一个就因为苹果收购价格与刘三光争吵了几句，让刘三光赶跑了，半年多没回来。老支书想开支委会都开不起来。

院子里重又沉寂了。杨东东隐约听见有两个人在叹息，他忽然感到胸口有些发闷。一个贫穷落后的山村，竟然如此复杂。怪只能怪自己信息不对称，没有事前弄清民全的村情。知己知彼百战不殆，自己既不知己又不知彼，往后要在这儿工作不被碰得头破血流？不过，他马上又想起杨进对他说过的话，民全村有一千多村民，有不信邪的传统，只要你掏心窝子对他们，他们恨不得撕开胸膛回报你。无论如何得往下走着看。

院子里的人又开始议论了。刘福的媳妇说，咱村来新干部了，是驻村干部，上边派来的。他不能一屁股坐刘光头那边吧？咱找他说说去。

刘小芹嘘了一声，好像示意人就在屋子里。刘福没理会，不屑一顾地哼了一声说，我见到了，一毛头小伙子，嘴上没毛办事不牢，他更不敢当刘光头的家。

杨东东明白刘福在说他。他不服气地想，你凭什么说我办事不牢？我不能当刘光头的家，他刘光头就能当我的家了？

刘平安突然大声咳嗽起来。杨东东听见他的咳嗽声还没落地，门前响起一阵急促的脚步声。他赶忙打开门朝外看，黑沉沉的村街上只有脚步远去的声音。他马上明白了，有人在刘小芹家院子外偷听，刘平安觉察了，故意咳嗽把偷听的人吓跑了。他不由得对刘平安生出几分敬佩，转念又迷糊了，这个刘平安耳朵很机灵，怎么刘光头和村里人称他二聋子呢？

刘小芹家的大门响了，先是开门声响，接着是关门声响，再下来是由近及远的脚步声，引得附近一个人家的狗叫了。一只狗一叫，竟然比任何疾病传播得都快，村里的狗竟然你追我赶地都叫起来，有汪汪汪的嗥叫，有噢噢噢的猛叫，有嗯嗯嗯的滥竽充数……山村的寂静瞬间被击碎。杨东东还没来得及想，村街上有个粗大的嗓门响了：开黑会的人你们听清楚了，别以为你们偷鸡摸狗、人不知鬼不觉。刘村长早就心知肚明，你们那针眼大点心眼，斗不过我们！我二叔让我警告你们……

杨东东实在听不下去，心想这都是什么理论什么逻辑？他一下来了精神，打开手提电脑，一气写了两千多字的感想。写到最后，他又犯了难，因为他目前还无法给刘光头的印象下结论……

五

一连七八天过去了，刘光头没给杨东东安排工作。杨东东几乎跑遍了民全的所有人家和地块。他隐约感到，民全村好像要有什么事情发生。

这天，他睡到七点多才醒来，下了床向窗户上扫了一眼，发现窗户外边的玻璃上贴着一张十六开的纸。他犹豫了一下，过去揭了下来。

这是一封打印的信。信上说的就是昨天晚上刘小芹家院子里那些人议论的内容：村委会主任和他侄子串通一气，逼着村民把地里的小麦和其他农作物填埋改种烟叶，而且不给一分钱的补偿。村委会主任美其名曰开村民大会，却只叫了平时和他走得近的十几户村民，就这十几户村民里还有一半不同意改种烟叶。但是，村委会刘主任硬是说村民大会讨论通过了，这是强奸民意。信的最后呼吁上级领导派人调查处理，号召村民抵制村委会主任的行为，保护村民的正当权益和利益……杨东东读完，感到一股热血直往胸口涌，仿佛天降大任到了自己肩头，拿着信就要向外走。

他正要关窗户时，看见窗台上放着一只白瓷碗，里边装着半碗炒熟了的豆子。他想，也许是刘小芹家早上喂鸡，放在窗台上忘记拿了吧！

到了门口，他忽然又站住了。他想，如果拿着信去找杨进杨支书，等于是去告刘主任，再说杨支书问起信的来由，自己也说不清楚。他如果拿着信去找刘主任，那无疑是给他通风报信。刘主任要知道他是从和刘小芹家挨着的窗户玻璃上揭下的信，第一个怀疑写信的对象就是刘小芹，那他就是害了刘小芹。可是信放在自己手里，自己又无权处理。他回到屋里，捧着信，竟有些不知所措。

门忽然开了，柯柯出现在门前。她穿着一件红色风衣，脖子上系了条白色纱巾，显得青春亮丽、英姿焕发。杨东东明显感到自己的心怦然一动，他为了掩饰自己的情绪，同时不让柯柯看见那封信，赶忙转过身装作找东西。他把信掖到被子下边，又让情绪稳定下来，才摆出一副欢迎的架势：柯柯你怎么来了？

柯柯反问我怎么就不能来？你这儿不就是民全村的办公室吗，你以为是哪里？说罢，柯柯咯咯地笑了。她的笑声很响亮，一窗之隔的刘小芹家里人听得非常清楚。不知是谁故意把门撞得咣当咣当响了两下，杨东东见柯柯听到后脸上的笑容瞬间即逝。怕柯柯发脾气，他忙搬了把凳子让她坐。她人倚着门框，说我是来请你的。

杨东东问，请我去哪里？

柯柯说，你锁好门跟我走，别那么多废话行不？

杨东东只好依着她。柯柯一转身，嚓嚓两声响，她的风衣被门上的钉子划了条大口子。杨东东赶忙说这钉子真该死，说着就要找工具拔钉子。柯柯不以为然，说旧的不去新的不来，这件风衣我已经穿过两年，正准备换新的，这不是给我爸妈有理说了吗？杨东东说，是在我门上划破的我给你赔。柯柯多看了他一眼说，说话算话，我这件风衣可两千多元钱呢。

出门一看，门口停着一辆红色摩托车。他奇怪了，柯柯你要请我去哪儿？柯柯已经翻身上了车，一边发动一边说你这人真啰嗦，到你上班的地方去！杨东东说这就是我的卧室兼办公室，柯柯说你得了吧，你是我爸的秘书，我爸在哪儿上班你得跟着。这句话又让杨东东老大不高兴，可是又没反驳她的理由，就讥讽她说就这三两步路你还骑车？柯柯一踩油门，车子箭一般冲出几米远，她说我喜欢这种感觉。感觉，你懂吗？

到了刘光头家门前，柯柯才告诉杨东东，今天是二月二，是个节，我爸让你到我家吃饭。又说，你看我爸对你好吧？

杨东东忽然明白了，那个放在他窗台上的白瓷碗里的炒豆子是糖豆。这一带人包括他家所在的县城里的人，在旧历二月二那天必吃的食物。他心里直后悔，怎么就把这日子给忘了呢？日子忘了不打紧，屈了放糖豆的人的一片好心却不应该。

小杨，这两晚睡得怎样？肯定不习惯吧？我给他们下了死命令，在小学那边给你腾出一间教室。咱村小是去年上级拨款新建的房子，再装修装修，住了保准舒服。刘光头一见杨东东就紧紧握着他的手，说了一大堆好像情真意切的话。还有我那个不争气的侄子三光，让我骂了，还让我盖了一鞋底。我说人家小杨是大学生村官，不算公务员也算村班子成员，你得敬重人家。三光知道错了，说从镇上回来请你喝酒，正式给你接风……

杨东东耐心地等刘光头说完，诚恳地说我现在住得就很好，睡得踏实。我不能住学校，你千万不要让村小给我腾房子。

刘光头一瞪眼说，咋的，你怕校长老师不同意？

柯柯端来了饭菜。刘光头的媳妇也拿着碗筷跟着过来了，她对刘光头也是对杨东东说，咱家柯柯长这么大是第一次进锅屋帮我盛饭盛菜。

柯柯看了看杨东东，又白了她一眼说，妈，教你八百遍了，那叫厨房。什么锅屋锅屋的，东东听不懂。

杨东东心里咯噔一下。柯柯的称呼太亲切，让他一时不适应。

上桌的饭菜分成两种，就是米粥也分两样，一样是纯大米，一样是大米里放了红皮山芋。柯柯见杨东东好奇地看，指着纯大米粥说这是我爸吃的，他说吃了大半辈子山芋，隔着肚皮还能看见山芋皮，不愿吃山芋了。可我就喜欢大米粥里放山芋。我在你们省城上学时知道，山芋在城里很受欢迎呢！

刘光头说，我这肚子怕山芋，吃一小块，一天之中屁响个不停。去年有一次在县里开会，早上吃饭时咱邻村的村长在我碗里放了块手指头粗的山芋，说是什么铁棍山药，能治百病。我就吃了那么一小块，结果开会时腔门子怎么也关不紧，砰砰地响……

气氛一下子活跃了。杨东东高高兴兴地陪着刘光头一家吃了顿早饭。

饭后，刘光头没等杨东东问，就主动提出带他到村里和地里走走。小杨，虽然我是村长你是秘书，咱爷们也算是一个班子的，我带你走走看看。他嘴里含着一根用鱼刺制成的牙签，脚上穿着一双布鞋，不知是故意还是无意，鞋跟没提起来，把布鞋当成拖鞋穿。出门时，柯柯在大黄狗头上拴了个套，把绳子给了刘光头。刘光头并不用手牵，而是把绳子拴在腰带上。他拍了拍大黄狗的头说，二聋子，带爷爷去东坡头。大黄狗好像很得意，摇头摆尾地在前边走了。

出了村子向东是爬坡路，有几处很陡，大黄狗走在前边，用力地拉着绳子，刘光头上坡时就省了好些力气。杨东东想这位村主任还挺会享受。

过第二个下坡时，有一辆自行车追上了他们。本来自行车顺坡而下速度较快，骑自行车的男人从杨东东和刘光头身边已经擦肩而过。刘光头突然大喊一声，刘福！刘福这才赶忙刹车。他的自行车是辆旧车，刹车不灵，加上又是下坡速度快，他伸出右脚帮忙，车轮和鞋底摩擦着发出一阵撕裂般的响声。杨东东第一次看见这种手脚并用的刹车法，既觉得刺激又觉得好笑。他见自行车摇摇晃晃地要倒，赶忙跑了两步，上前拉住了车后座。

刘福停下车，站在路边等着刘光头。他说，我这破车除了铃不响，到处都响。

杨东东听他的声音有些熟悉，又见他车上绑着根棍子，才想起他就是自己第一天来民全迷路时遇上的收了他五元钱的男人。刘福显然也认出了他，冲他不好意思地笑笑。刘光头很敏感，看看杨东东，又看看刘福说，你俩认识？

杨东东摇摇头说，不认识。

刘光头把鱼刺牙签从嘴上拿下来，又用它去掏耳朵。他的这个动作让杨东东有些反感，脱口而出道，刘主任你这样不卫生。刘光头嘿嘿一笑，不干不净吃了没病，你往后慢慢地也会不讲究这些了。

刘光头问刘福去哪里？刘福回答说去镇上买点化肥，小麦得上肥了。它也和人一样，吃不饱不长，吃不好长得慢。

刘光头好像很惊奇，哼了一哼说，你那小麦还没铲啊，是不是非得我替你帮忙？话说好了，我找人帮忙可以，你得管吃管喝还要给工钱。

杨东东明白重头戏就要开始了，目不转睛地看着刘福。刘福眼睛里先是有火苗般的光点跳了一下，接着变成了乞求。他说，四叔你不能让我不好做人。我家的地和二聋子大爷、三大爷、张大滨他们五家的地挨着。他们不种烟叶，我也没法儿种。小麦施肥会影响烟叶，你没法统一管理对不？

刘光头说，我这都是为民造福。咱这一片的地适合种烟，过去多少年都种不说，种烟的收入也比种小麦高得多，我粗略地给你算算你就清楚了。这一亩地如果种小麦，收入也就四五百块，多了能过五百块。收完小麦你再种玉米，一亩又能收个几百块。两季子加起来，满打满算也不到一千块。种烟叶呢，好赖一亩地也能收入两千多块，刨去上化肥农药等杂七杂八的费用，一亩地能净赚一千七八到两千。算算种哪个合适？

刘福听着刘光头这一笔账，一直不吭声。杨东东却被刘光头这一番话说得直点头。他说，这账很清楚嘛，你给村民算算，他们不就明白了？

刘光头从杨东东的话中好像听出了什么，抬头看了他一眼。不过他没有追问他听到了什么反映，而是痛苦地摇摇头说，爷们儿，这农村工作难呢！

杨东东说，这有什么难的。现在不是搞村务公开吗？咱们把你刚才说的比较数字朝公开栏上一贴，跟着再做做宣传。村民们明白了，事情就成了。

刘光头看了他一会儿，拍了拍他的肩膀说，到底是大学生，有思路。这样吧，公开栏、宣传、动员这些事都交给你。咱现在就回去，说干就干！

杨东东高兴得就差没跳起来。他既为自己的建议受到村主任的赞扬而得意，又为自己能展示一下才华而信心倍增。他说，村长你放心，你造福百姓的目标一定会实现。

刘光头的眼里闪过一丝不易察觉的微笑。

杨东东回到村里就忙活开了。从上午十点一直干到下午三点，中午就着白开水啃了个馒头。他写好了村务公开栏的文章，又抄在两张红纸上。村委会里笔墨纸砚都没有，是刘光头专门打电话让刘三光安排人从镇上送来的。他还从堆积如山的杂物里翻出两条红布横幅。那两条横幅上还残留着过去的标语，由于是用面打的糨糊粘贴上的，被老鼠啃了一个个洞。没办法，也只好凑合着用。这两条横幅一条挂在村口醒目处，一条挂在村街中间。挂横幅时他想找个帮手，第一个想到刘小芹。一是他和刘小芹认识了，二是他想先给刘小芹说说种烟叶的好处。他故意打开窗户，窗台上那个盛糖豆的白瓷碗已经不见了，不知谁家的小狗什么时候爬到窗台上拉了一摊屎，他看了直想吐。等了一会儿，刘小芹家里没动静，他想刘小芹可能去镇上上班了。没办法，他只好去找柯柯。柯柯很高兴，要用摩托车带他。他说不用，就几步路你张扬啥？柯柯说你不懂，这摩托车一会儿就能派上用场。果然，挂横幅的时候，柯柯让他站在摩托车上，说这样能够站得高一些。他说，柯柯你真聪明，冲你这聪明劲你爸当初该让你学中文。柯柯说，中文学得再好，出国能派多大用场？杨东东这才明白，柯柯原来是在家等着出国留学通知。

在村街上挂第二条横幅时，他刚爬到摩托车上，柯柯的手机来了电话。柯柯接电话时很兴奋，忘了帮他看着，他下来时一脚踩了个空，摔在地上。刘平安正巧经过，用棍指着他，一语双关地说，年轻人别蹦得太高，蹦得高摔得重，身子是你爹娘给的，是自己的，摔坏了可没人赔。你爹娘还指望你养老呢。

杨东东说，谢谢您了刘大爷。这种活我没干过，不熟练。

刘平安看着在一旁活蹦乱跳接电话的柯柯，摇摇头说，你不熟练不要紧，可别跟着一瓶子不满半瓶子晃荡的人学。他看了一眼横幅又问，你这上边的词是吃柳条屙筐，编出来的吧？

横幅上的词的确是杨东东编的，而且是他非常满意非常自豪的词。一共十八个字，押韵合辙、朗朗上口：要想富，找准路；种烟叶，高收入；建小康，奔幸福。

杨东东不明白刘平安对横幅上的词有什么意见，诚恳地对他说，您老人家指正。

刘平安眯缝着眼上上下下打量了他一会儿说，编，编吧。转过身慢慢腾腾地走了。杨东东的心里很不是滋味，一直看着刘平安驼背的身影消失在一条小巷里。这时，柯柯也打完电话了，她显然刚才背着身子打电话，没看见刘平安。她问你刚才好像给我说啥子来？杨东东摇摇头。柯柯仰着看了一遍横幅，嘴里念着横幅上的词，眉飞色舞地拍着巴掌说，好，好，杨秘书你还有写诗的天赋呢。我给你拍张照片，发到网上。说着就掏出手机，对着横幅要拍照。杨东东赶忙用身子挡住了她：别，别闹笑话。再说，种烟叶到底怎么样还没见效果。

柯柯一愣，怎么你杨秘书也反对种烟叶？

杨东东紧张地摆着手。还没等他回答，柯柯生气地嚷道，我想起来了，你住的地方和刘小芹家一墙之隔。三光说从窗户就能跳到她家去，你是不是和那个洗头妹……

杨东东没等她说完，火了。请你尊重我好不好？刘三光是个什么东西，你要和他想一样说一样，那你把自己放在什么位置上了？

柯柯骑上摩托车扬长而去。

六

杨东东没想到刘小芹也生他的气了。

他住的屋子里没有下水道，每天都得隔着窗户向刘小芹家借一桶水。尽管他节约着用，到了晚上桶也会见底。回到屋子里，他想烧水喝，打开窗户朝刘小芹家院子里看，巴望着她家有个人出来再给他打桶水。过了十多分钟，刘小芹家没有丝毫动静。就在他失望地准备关窗户时，一个十一二岁的男孩子进了刘小芹家的院子。那个男孩子虎头虎脑，长得很结实。杨东东从他的面相看，他长得有点像刘福，心里琢磨着是不是刘福家的孩子。这时那个男孩子也看见了他，瞪了他一眼，你干吗呢？想偷我二爷爷家的东西？说着放下书包，拿起靠在树上的一把三股叉子，虎视眈眈地看着杨东东。杨东东和蔼地笑了笑说，小朋友，你叫什么名字？

那个男孩子听杨东东说一口普通话，好像放心了，把铁叉子重又靠在树上问，你就是那个刚来的大学生村官吧？我知道你。

杨东东问，你怎么知道的我啊？

那个男孩子噘起嘴，朝杨东东翻了翻白眼说，哼，我们同学都知道你。

杨东东马上明白了他话中的意思，刚想解释，那男孩子又往下说，

大黄狗悄无声息地将两只前腿搭上来趴在他的肩
膀上。他浑身颤抖：你，你要干什么？

你把俺们校长的宿舍给霸占了，害得校长回家住，每天来回多跑十里
地。我们同学都骂你。

　　杨东东哭笑不得。他说，这事与我没关系，我在这里住得好好的，
干吗要霸占你们校长的房子？

　　那男孩子似信非信，一边看着他一边大着胆子走到窗户前，伸头
朝里看了一眼，突然转身就跑，抱住院子里的树，浑身颤抖。杨东东
不知发生了什么事情，回头看了一眼，惊得目瞪口呆。原来柯柯牵着
大黄狗来了，大黄狗悄无声息地将两只前腿搭上来趴在他的肩膀上。
他浑身颤抖：你，你要干什么？

　　你是问我呢，还是问二聋子？柯柯一副玩世不恭的样子，倒背着
双手在屋子里迈着碎步。

　　你先让二聋子滚开！杨东东着急了，大吼一声，声音变得又尖又
细，连他都不相信是从自己嗓子里发出来的。

　　谁在叫？院子里一个嘶哑的声音问道。杨东东听出是刘小芹的爸
爸刘平安，暗想这下子惹麻烦了。没有人愿意别人叫其不雅的外号，
尤其是带有贬低或者侮辱性的外号。你一个外来人、一个晚辈，这样
大呼小叫不是明显不尊重他？柯柯却得意地放声大笑，笑罢冲大黄狗
吹了声口哨。大黄狗这才从杨东东身上下来，摇着尾巴溜到柯柯身后
去了。杨东东瞪了柯柯一眼问，有什么事？柯柯严肃地板起面孔说，
没出我所料，你又趴窗户往后看了吧，是不是在给那个洗头妹发暗号？

　　杨东东说，我听不明白你在说什么。

　　柯柯给刘三光打了个电话，让他马上过来一趟。然后，她抱着大
黄狗趴在窗台上，对着刘小芹家院子连喊几声二聋子。她每喊一句，

大黄狗就叫一声，仿佛是在应答。她得意忘形地咯咯咯笑。杨东东想制止她，又找不到合适的理由。突然，大黄狗噢噢尖叫两声，像射出的箭，飞一般从杨东东屋里蹿了出去，撞到刚要进门的刘三光身上。刘三光一个踉跄往后退了两步，进了屋气势汹汹地问，谁打了二聋子？柯柯说，我正纳闷呢。我没招它惹它，它怎么就发了疯？杨东东没说话，他意识到可能是刘福的儿子对大黄狗下了手。

刘三光走到窗台前，先把手里的一卷塑料管子扔进院子里，然后一个纵身跳了进去。

这时，刘平安从屋里出来了。刘福的儿子尾随在他身后。刘福的儿子冲杨东东挤巴挤巴眼睛，得意的眼神好像在说，瞧见我的厉害了吧？

刘平安冲低头捡塑料管子的刘三光屁股上踢了一脚：刘三光你出息了，翻墙越脊偷鸡摸狗的事都做得出来，要是你爹早生你几十年，燕子李三也得管你叫师傅。

刘三光直起腰，理直气壮地说，二叔，我这是为公家办事，怎么叫偷？

刘平安围着刘三光转了一圈，一边转一边斜视着他说，俺家又不是村委会，你办公事跑俺家干吗？

刘三光指着杨东东说，我是给这位大村官办事不算公事啊？他是民全新来的大学生村官，我二叔的大秘书，大小也算村干部。他的屋子里不通水，我叔让从你家接条水管子……他的话没说完，刘平安和杨东东同时叫了起来。

刘平安说，你叔净出歪点子，把水管子接俺家谁掏水钱？

杨东东说，这不合适，我吃水可以自己去挑。

刘三光对刘平安说，这事你得听我叔的。我叔说了，这是村委会的决定。大学生村官是上级派来的，谁跟大学生村官过不去那问题就严重了。你考虑考虑吧！

刘平安气得脸色发青，转身进了屋。进屋之前，他回头看了杨东东一眼，目光中含着埋怨和不解。刘福的儿子也要跟着刘平安进屋，刘三光上前一步拦住了他，小祥子，你爸呢？

小祥子推了刘三光一把。刘三光一手拧着他的耳朵，一手指着他的额头说，你回家告诉刘福，你们家再不铲麦子，村里就不客气了。

小祥子挣脱了刘三光，回过头恶狠狠地瞪了杨东东一眼。杨东东觉得心像被刀子扎了一下。

果然，刘小芹后来骂他和刘光头、刘三光穿一条裤子，说你就明睁大眼地看着他们欺负村民还无动于衷，不是存心吗？这是后话。

刘三光接好水管子，回到屋子里又叮当叮当地用木板和钉子把窗户钉上了。他说，这也是村委会的决定，怕杨秘书被别人袭击。杨东东十分生气，几次想和刘三光理论，想想又忍住了。

刘小芹和往常一样，还是晚上九点半回到家。杨东东不知为什么，一听见刘小芹的声音心就跳。不过他这次心跳和前几次不同，是属于那种紧张、不安甚至有些惶恐而又有些莫名其妙的跳。他想起刘平安埋怨和不解的眼神、小祥子恶狠狠的目光，头就有点儿疼，蒙上被子就睡了。第二天一早起床后他想洗脸，解开水管子头上的绳子，水流了不到半茶杯就停了。他马上意识到水管子连接院子里水龙头的那头被拔掉了。显然这是刘小芹回来后干的，因为在她昨晚回来之前，他还接水烧过开水。他犹豫了一会儿走到了窗前。刘三光不知是出于马虎还是有意，只用了横竖两块木板钉成了十字架，从上边和下边都可以看到院子里。刘小芹在院子里喂鸡，明明看见他却装作没看见。他站了一会儿，终于忍不住拍了拍窗户的玻璃。刘小芹四下看了看，好像没有看见他，嘴上却不住地念叨，你才来几天，不学好偏学坏，就不怕吃饭噎着喝水呛着？

刘小芹！杨东东低声喊了一声。

刘小芹没回头。

他接着又喊了两声。

刘小芹猛地回过头瞪了他一眼说，叫魂呢？

杨东东直言不讳地说，我想和你谈谈。刘小芹没搭理他。他又说，你对我有误会，你爸对我有误会，你们村里的人都对我有误会。我杨东东不是你们想象中的那种人。

刘小芹这才回答说，你是啥样的人你自己背着，给我说干吗？杨东东见她的目光和口气比刚才缓和了，恳切地说我求你个事，你能不能先给我放点水，我刷了牙洗了脸再给你说话。

刘小芹嘿嘿一笑，马上又板起脸来说，凭啥？你交水费了，还是我们家欠你的？话是这么说，人已经弯腰把水管子和水龙头接上。杨东东感激地想，山里人对人就是实在。他刷了牙洗罢脸又走到窗前，见院子里多了一个人，刘福的儿子小祥子。小祥子不知在对刘小芹低声说些什么。刘小芹边听边朝他这边看，目光充满了困惑。他猜想小祥子给刘小芹说的大概是种烟叶的事。他不明白这样让村民致富的好事，为什么刘小芹父女以及刘福和一些村民都强烈反对。

杨东东正在想着，刘小芹朝窗前走过来了：我说杨村官杨大秘书，你到我们民全来做过调查没有？谁给你说种烟叶高收入？

杨东东没有隐瞒这话是听刘光头讲的。他说我计算了一下，按照刘村长说的，一亩烟叶比种其他粮食作物多收入七八百元，好了可以多收上千元。

刘小芹没等他说完就打断了他的话说，又是听刘光头骗你是吧，他还不给你净朝好里说？你怎么不问问民全的老百姓，他刘光头说的是不是实话。刘光头刚当村主任那年，我爸听他的话种过烟叶，结果呢让他骗了，没收入不说还赔了钱。

杨东东一愣，这，这不会吧？刘主任说得明明白白……

刘小芹说，我爸种了一辈子的地，哪个收成好哪个收成不好还不清楚？种烟投资大，收成低，扣除各种费用，一年忙下来挣不到什么钱。前年我刘福哥家种了两亩烟，说是收入近四千，刨去化肥农药二百多、煤五百多，加上劳动力投入，再加上分级扎把、炕烟这一道道加工工序，每个月也就百十块钱的收入。刘福哥说还不如到城里捡破烂！我爸多了个心眼，种了一半烟叶，留了四分地种红芋，结果还是我爸算计对了，红芋卖了一元多一斤，四分地就收入一千好几百。

杨东东哑哑嘴，想说什么，没说出口。

刘小芹又说，烟叶也分三六九等，一级二级三级，一个级一个价。最可气的是刘三光叔侄俩老是骗人。他们先把村民的烟叶收走，等级由他们和烟站的捣鼓着说了算，村民也不知道。他们叔侄俩说你家的烟叶几级就是几级，说多少钱就是多少钱。我有个同学说，就这级差，他们叔侄俩每年就能赚好几万。

杨东东对刘小芹的话半信半疑，其实连一半也没信。他觉得刘小芹太悲观，说的这些事也不太可靠。刘小芹大概从他的沉默看出了这一点，难过地说，拉倒吧，给你说这些是嘴唇上抹石灰，白说。你还以为我骗你是不？反正到时候你别说我没提醒过你。

正在这时，杨东东的手机响了。电话是杨进的女儿杨梅打来的，说杨进有事找他。他正琢磨着向杨进请教，连饭也没吃就赶了过去。

杨进正躺在院子里的椅子上看书。杨东东一坐下，他就拉着杨东东的手摇了几下：小杨，我是正式通知你，你已经补选为民全村党支部委员了。上面我们支部不是已经开会讨论了吗？作为一名年轻的党员，你就好好工作吧。

杨东东激动地握紧了杨进的手。杨进没等他说话，又接着告诉他说，我自打生病下肢不能动，就向支部和乡党委提出退下来。但是上面不同意。

杨梅端着饭菜过来了。她说我爸猜到你还没吃早饭，特意让我给你饭里加了铁棍山药。你尝尝，可好吃了，听说这铁棍山药在省城和北京一些城市都当营养品卖，当礼品送。

杨东东吃了几口，称赞说的确不错，咱这里为啥不种铁棍山药，是土壤不适合还是不懂技术？

杨进想了想说，要说西岗的山地是不太适合，可东片河边的沙地应该没问题，朝东阳光也好，日照充足……杨梅在一旁打断说，那地是刘光头爷俩的钱袋子，他们想种烟叶发财，能让种铁棍山药？

杨梅的话引出了杨东东的话。他把这几天的见闻向杨进讲了一遍，末了说我正要向您请教。杨进拍拍他的手说，小杨，你现在是村党支

杨东东没挑过担子，两桶水压在肩头仿佛两座沉
重的大山，刚走了几步就上气不接下气。

部委员，可以行使支部交给你的职权。上面不是一再强调要尊重农民意愿，不能搞强迫命令吗？是种烟叶好还是种铁棍山药好，得听农民的意见。农民是土地的主人！

杨东东郑重地点点头，说我明白了。

杨东东走到门外，杨进又冲他说，你是学农业的，把你学的知识拿出来。杨梅接上说烂在自己肚子里，变成大粪屙出来……

说罢，爷俩都开怀大笑。

七

杨东东一大早就到了河边。河边的麦地里有几个农民正在挑水浇麦。还没等杨东东看见小祥子，小祥子先看见他，喊着他的名字：杨东东，你来了？

杨东东见小祥子也挑着两只水桶，上前抢了过去，你怎么不去上学？

小祥子说，我们这里学校上课晚，我每天吃饭前都得帮家里干点活。

杨东东说，你挑那么大的桶，就不怕压着不长个？

小祥子皱了皱眉头，像个小老头儿一样，长长地叹了一声气。

杨东东没挑过担子，两桶水压在肩头仿佛两座沉重的大山，刚走了几步就上气不接下气。最可气的是那挑子在他肩头上不听话，一会儿朝前滑一会儿往后溜，他用两只手紧紧地抱着扁担往下压，想让水桶平衡，脚下却一个趔趄，人和水桶一齐摔在地上，水全都泼在了地上。他手忙脚乱地爬起来，身上还是沾上了泥水。小祥子拍着巴掌笑话他：泥猴子，泥猴子！

刘光头上上下下打量了杨东东一眼说，和贫下中农打成一片了？

杨东东笑了笑。

刘光头说，你是看电影电视看多了。你就是天天变成泥猴子，老百姓也不会说你好。现在的农民比过去实惠，你得让他见了大把的票子，他才会觉得你好。

杨东东把杨进的话，以及自己想去看看河边土质的想法给刘光头说了。刘光头说，他要真有本事，当了二十多年支书也没让民全老百姓腰包鼓起来，自己还住猴戴帽的破房子？

杨东东皱了皱眉头。

刘光头说，杨秘书我做梦都想着怎样改变民全面貌。可是你说就民全这地方，不是山就是石头。

杨东东说，那咱可以调整种植结构，种些效益高的作物，比如杨支书说的铁棍山药。

刘光头问，你吃过铁棍山药？

杨东东没说在杨进家吃过，想了想说，我见过礼品盒包装的铁棍山药。他用手比划着，又细又长对吧？

刘光头好像来了兴趣：你爸是干啥的？

杨东东说，做点小生意。他爸爸是事业有成的老板，资产过亿，可他从来不像一些富二代那样张扬。上大学几年，他和其他同学一样节俭。他爸爸也支持他，他下乡当村官，就是他爸爸主张的。

刘光头显然不信：你爸要有钱，可以来咱这投资。我可以直接把烟叶交给你爸收购。他看了看杨东东的反应，又说，有钱大家赚，你大学生村官那点补助够干啥？

　　杨东东没接刘光头的话茬，他告诉刘三光头，他上网查了一下种植铁棍山药的资料，又和两位在省农科院从事农业科技研究的同学网上交流了一下，觉得在民全坡东沿河边沙土地种铁棍山药是可行的。

　　刘光头抽完了烟，又掏出鱼刺牙签剔牙，突然说，小杨，咱民全啥时候能上网了？他以为杨东东在骗他，所以突如其来地问了一句。他自信这话能让杨东东露馅，闹个大红脸。没想到杨东东非常从容地回答，我是用柯柯借给我的无线上网卡上的网。

　　刘光头挠着头皮想了一会儿说，小杨你做得对做得好，我选你当秘书没选错。你刚来几天就积极为民全老百姓着想，真是民全老百姓的福气。

　　杨东东有些不好意思，说这是我应该做的。

　　刘光头在地上走了几圈，又突然回过头看着杨东东，咄咄逼人地问：万一铁棍山药种下去收成不好或者说根本就不长，那农民的损失谁包赔？毕竟咱没种过这玩意儿，咱民全的地上没长过这玩意儿。

　　杨东东这下却愣住了。

　　刘光头说，你来当村官能干几年？一年，两年，撑死了说三年。这民全的老百姓可陪不起你，一年的损失得几年才能补回来。真到了那时，你想走，门也没有。

　　这一刻，杨东东的心里排山倒海般地翻腾。刘光头说的确是事实。土地为啥是农民的命根子，还不是因为土地上的庄稼能变成粮食供他们填饱肚子、养育儿女、积累财富？你让他们赔了夫人又折兵，他肯定和你拼命。自己是来这里锻炼的，也就刘光头说的一二年的时间，循规蹈矩地跟着刘光头这些村干部做点事，不求有功但求无过，何必铤而走险、惹火烧身？刘光头又接着说了他如何放弃在县城的生意，回到民全来改变家乡面貌。末了，他说民全要想富，只有一条路：种烟叶。

杨东东犹豫了一下说，就算种烟叶也得村民自觉自愿。

刘光头说，爷们你太天真。

和刘光头分手后，杨东东打算再去找杨进，向他反映刘光头的意见，也汇报自己的想法。刚才和刘光头谈话时，他一直在考虑回省城一趟，向老师和农科院的技术人员咨询、求证一下，民全这样的土壤究竟是否适合种植铁棍山药？快到杨进家时，顶头遇上了刘三光。刘三光的摩托车后座上坐了两个陌生的男子，好像刚从镇子上回来。他本来不想停车，大概看出杨东东是去杨进家，才停下车来和杨东东打招呼。刘三光介绍那两个陌生男子是烟叶收购站的，哪个烟叶收购站没说清。杨东东也没问。他向那两个人介绍杨东东时说，这是我叔的秘书。他指了指脑袋瓜子，对杨东东说，你脑子别犯晕，咱村是村委会主任当家。就算我叔不是村委会主任，我们老刘家占了一多半，姓杨的也翻不了身。

刘三光说完，不等杨东东表态就扬长而去。杨东东恨不得摸块石头砸他，想想又忍住了。不过，刘三光的话的确给他了提醒：这时候去找杨进反映刘光头的意见，刘光头会不会误认为在告状，或者说挑拨村里领导之间的关系，再朝深了说是搬弄是非，影响民全的稳定？他站在那儿想了好大一会儿也没想出个结论。杨东东忽然有一种无助和无力的感觉。

　　杨东东报名当村官时，他妈妈就坚决反对：你别以为村官就那么
好当，虽说你大学是学农的，但你一没在农村生活过，二没有农村工
作经验，再说如今的农民也不是过去那样淳朴憨厚、老实巴交，只懂
得撅着屁股在黄土里刨食的农民。我听人家说这农民一旦懂了市场经
济，比城里人还厉害。老辈子说穷折腾，越穷的地方越会折腾。你去
了不出三个月就让人家把你折腾趴下，像《朝阳沟》里的银环一样哭
着滚蛋。你要是不想考公务员，跟你爸做生意也行。此时，杨东东真
正体会到了农村工作的复杂，理解了妈妈的一片苦心。这样一想，他
回到住地拿了行李就朝村外走。

　　杨村官你这是弄啥去？刘福突然出现在他面前。刘福仍旧骑着那
辆破自行车，车上仍旧绑着一根棍子，嘴里仍旧叼着半根香烟，目光
仍旧含着嘲讽。杨东东看了他一眼就觉得浑身上下不舒服。刘福见
杨东东不理他，又说你咋还背着包包，该不是这三天就镀完金又上
调（diào）了？他故意把上调说成上吊，还用手比划了个绳套。杨东东
本来就窝了一肚子火，哪里能吞下刘福的挑衅，咣当一脚把刘福的
自行车踹倒在地上。

　　刘福火了，你狗日的算什么鸟村官，整个刘光头的黑打手。他扶
起自行车，向前推了几下没推动，然后重重地蹾了一下。自行车没有
后支架，他把车靠在旁边的树上，过来抓住杨东东的衣襟说，你今个
要不赔我辆新车，我打得你满地找牙。

　　就在杨东东和刘福之间的争斗即将开始之际，突然传来一声尖叫，
东南湖地头出事了！刘福一下子着了急，撒开抓着杨东东衣襟的手去
推自行车，推了几下自行车的轮子还是不转。他拔腿就跑，一边回过

192

头对杨东东说，你走到天涯海角，我也得找你赔车！

杨东东也撒腿朝那里跑去。两个人一前一后，仿佛在展开一场马拉松竞赛。刘福一边跑，嘴里一边嘟哝着，不一会儿就气喘吁吁，被杨东东远远地扔在了身后。

八

被民全老百姓称为东南湖的地头已乱成一团。

两台大型推土机和一台挖掘机停在地头，小祥子昂首挺胸地站在一辆推土机前边，一副大义凛然、视死如归的样子。和他同来的两个孩子则分别躺在轮子下边，随时准备牺牲。一个戴着白帽子的中年人，气急败坏地挥着拳头，命令推土机和挖掘机司机开机。那几个司机却无动于衷。车轮前有人，而且是孩子，谁敢对他们的生命熟视无睹？那个白帽子想去拉小祥子，小祥子挥着手里的棍子对着他乱舞，让他不敢近身。白帽子叫着骂着，才有一个司机从驾驶室跳下来，出其不意地从小祥子身后抱住了他。小祥子手中的棍子发挥不了作用，一急之下，狠狠地咬了那人一口……

一些在附近地里忙活的人见状围了过来，有民全的，也有邻村的。杨东东赶到时，双方正吵得不可开交。他一眼就看见地里的小麦已经被推土机推平了几块。他算了一算，从小祥子他们发现推土机进了地到赶过来，时间上差不多。这时，小祥子已经被白帽子摁在了地上。白帽子扬起巴掌重重地打了小祥子一个耳光。小祥子一边挣扎一边高声叫骂，看我爸来了不活剥你。

你们民全人都是狗娘养的会咬人！白帽子拧着小祥子的耳朵，把他从地上拎了起来。他的话激怒了刚围过来的民全人，有个小伙子上前就要揍他，被刚刚赶到的杨东东拉开了。

杨东东问白帽子，你们是哪里的？

白帽子拍了拍手上的土，瞪了他一眼说，你是哪里的？

杨东东四下看了一眼，周围的人都看着他。他又严厉地问白帽子，谁让你们铲民全的麦地？

白帽子从驾驶室里取出一只黑皮包，从黑皮包里取出一份协议书在手中扬了扬：看见没，这是民全村委会和我们公司签订的土地流转协议。这里的麦地归我们公司了，我们要种烟叶，不铲麦子怎么种，麦地里能生烟叶？

刘福这时也赶到了。小祥子一见刘福，哇地一声哭了，指着白帽子说，他个坏种打我。刘福也看见了被铲的麦地，正是他家的，又听儿子说白帽子打了他，火就不打一处来，夺过儿子手中的棍子就朝白帽子头上打去，骂着哪来的野种，敢到民全撒野？杨东东眼明手快，抬起胳膊挡了一下，棍子落在他的胳膊上，疼得他咧了咧嘴，眼泪一下子掉了下来。他想这一棍要是落在白帽子头上，脑袋瓜子不开花也得裂开嘴流出血。他劝刘福不要冲动，有理讲理，千万不能动武。

刘福说，我没理给你们讲。这狗日的不是说村委会签了协议吗？你是村官，签这协议也有一份。

白帽子听刘福说杨东东是村官，也冲杨东东来了劲：你们村委会说话算不算数？白纸黑字的协议不是擦屁股的卫生纸。你们要毁约，得赔我们公司的损失，先把我们前期的经费退了。白帽子这一吵吵，仿佛朝周围的人群中扔了颗手榴弹，引起了爆炸。这些年中央对农村的政策越来越好，越来越透明，农民们知道他们承包的土地，没经他们同意，谁也没有权利随意流转和占用。白帽子的话等于告诉他们，民全村村委会没经他们同意，已经把他们承包的土地流转给了白帽子代表的公司，而且收了人家的补偿款，却没有让他们见一分一文，这明摆着是侵占他们的合法利益。不用人带头，他们就嚷嚷开了。眼前只有杨东东一个是村官，于是愤怒的人们把怨气撒到他身上，纷纷指着他骂，还有的朝他身上扔坷垃。小祥子说杨东东不是坏人，说着站到了杨东东身前，想用自己的身子护卫杨东东。

白帽子趁人们视线转移的片刻工夫，给刘三光打了个电话。刘三光陪着烟草收购站的两个人正在刘光头家喝茶。他挂断电话，简单地给刘光头说了一遍就向外走。刘光头喊住了他，说别遇事就手忙脚乱。他指了指自己的头，得用脑子。

刘三光骑着摩托车，一袋烟的工夫就到了东南湖。地头已经围了上百号人，吵吵得很凶。他没看见杨东东，只见刘福和刘小芹的父亲刘二聋子一左一右拉着白帽子，让白帽子还他们家的小麦。白帽子看见他来了，一边拼命挣脱一边高声喊，三光大哥你他妈的说话不算数，让我来整地却让我人身不能自由。

白帽子这一喊，让刘三光十分恼怒。他就像被人重重打了一记耳光，早把刘光头的话抛到九霄云外。他一踩油门，加大车速向刘福冲了过去。眼看就要撞到刘福身上，一场车祸就要发生，杨东东突然从人群中跳了出来，一跃而起扑向刘三光，连人和摩托车一起倒在地上。刘三光刚爬起来，刘福又一脚把他踢倒，狗日的你不光谋财还想害命啊？说着挥着棍子就要打刘三光。杨东东也爬起来了，他拦住了刘福说，你有话说话有理讲理，不能打人。

刘三光爬起来，一边指着刘福骂，一边去打电话。

杨东东虽然听不见刘三光在说什么，但是从他杀气腾腾的神情、有力摆动的手势，猜测他的电话可能会给民全村招来一场更大的骚乱甚至是灾难。一时间他觉得脑海里一片空白，不知应该怎么收拾眼前的局面。劝刘福等村民回去显然行不通，相反会加深村民对自己的误解。有几个年轻的村民在刚才争吵混乱时，已经骑着自行车回到村里驮来了行李，打算在地里住下，日夜守卫自家的承包地。有一些村民开始在地头上挖沟，意图阻挡推土机和挖掘机。阻拦白帽子也不可能，因为白帽子手里的的确确有和民全村委会签订的土地流转协议，而且他们公司向民全村付了款。从刘三光的态度，结合他的为人，也不会对村民尤其是刘福这些人善罢甘休。眼下的情况，他唯一的选择是向杨进或刘光头汇报。但是，这种局势又让他不敢离开。他掏出手机，想给杨进或刘光头打电话，没想到手机没电了。他把小祥子叫到一边说，小祥子，你赶快去杨支书家，把这边发生的事给他汇报，让他拿个主意。

小祥子刚走，刘三光过来了。他一脸得意之色，说，杨秘书你就等着看好戏吧。他指了指地头和地里的村民说，过一会儿这些人就会滚蛋，我不光要把他们地里的小麦给铲平，还得挖地三尺，把穷根给拔了。

杨东东非常生气。他说，刘三光你没有这个权利！我警告你，如果你强行毁坏老百姓的麦田，引起的一切后果由你负责。

刘三光冷冷一笑，说我刘三光还没有不敢负责的事。

杨东东说，你叔是村委会主任，你也是村委会成员，你做事要对得起民全的百姓！

刘三光点了一支烟，狠狠地抽了几口说，你是老板的儿子，从小在蜜罐里长大，不知道穷是什么滋味。我给你说吧，卖地的那二十万，是我叔给柯柯出国留学用的。你说怎么办吧？要是不让我哥们的公司种烟叶，这钱你还？

杨东东的脑袋一下子又胀大了，刘光头刘主任啊，你怎么能做出这种糊涂事？你难道不知道强征农民的承包地、贪污土地流转费是犯罪？

刘三光见杨东东面色苍白，又接着告诉杨东东，我妹妹柯柯喜欢上你了。

杨东东惊慌失措地连连摆着手，我没有，我没有，我不喜欢她。

刘三光这一手的确厉害。他的话还没落音，多少眼睛齐刷刷地投到杨东东脸上。杨东东感觉到那目光都长着刺，扎得他浑身极不自在。他必须当机立断，向大伙作出解释，否则就是跳进黄河也洗不清。可是，刘三光根本不容他说话，连推带搡把他拉到离地头几十米远的地方。

杨东东说，不管你用什么手段，我不会和你们同流合污。

两台推土机又开动了，顷刻间又有几块麦地被铲平。

杨东东的泪水掉了下来。他不知从哪里来的力量，大吼一声，乘机挣脱了刘三光的手，像一支离了弦的箭，直冲推土机飞去，伸开双臂朝推土机前一站：有种你从我身上辗过去！

推土机吭哧吭哧地停了下来。

地头上的人和地里的人都冲着杨东东欢呼。那一刻杨东东也觉得自己挺高大的。后来，他在 QQ 里和大学同学聊天时聊到这一情节，坦白地说其实自己当时两腿都在哆嗦，心也像跳出了胸腔，脑海里一片空白……

现场一时陷入了僵局。

这时，杨进被女儿杨梅用平板车拉着来了。刘光头刘主任也来了。刘光头是骑着摩托车来的，杨东东一眼就认出那是刘光头的女儿柯柯每天骑的摩托车。

刘光头笑容可掬地对杨进点着头说，老哥你身体有残疾，组织上明确要求你在家休息，怎么又跑出来了？就这点风吹草动的事用不着你亲自过问。再说，行政上的事有我这个村委会主任负责。他的话是说给村民听的，响鼓不用重槌，民全村的百姓都听得懂他话中的含义。说完，他没给杨进留出时间，黑着脸冲刘三光吼道，怎么搞得乱哄哄的？限这三天把烟叶种下去，这才第一天开工就搞不动，到时候怪罪下来，责任是杨书记承担还是我承担？然后又指着杨东东说，你是村长秘书，是怎么维护村委会的权威的？

杨东东一下子愣了，刘主任，他们铲村民的小麦……

刘光头冷冷一笑，说你年纪不大心眼不小，出了点事挺会给自己开脱。我问你，民全村子里的大红标语是谁写的？"要想富，种烟叶"，是谁写的？到村民家做工作的村委会干部又是谁？

杨东东张口结舌说不出话，脸上沁出了冷汗，脖后根也有点儿发凉。他看了一眼杨进。杨进的目光还是像过去那样温热，不像刘福那些人对他的目光充满敌意，心里才稍微踏实一些，安全一些。他又看了刘光头一眼，刘光头的目光虽然有些捉摸不定，但对他似乎并没有恶意，还朝他挤巴挤巴眼，好像在给他暗示什么。他刚想开口说话，刘福在一边抢了先：让杨书记给我们一个说法。

刘光头哼了一声，刘福你想把责任推给杨书记啊？这是村委会的事，杨书记不知道来龙去脉。

杨东东抢着问，土地流转这样的大事，不给党支部汇报？

一直没开口的白帽子这时沉不住气了。他说刘主任你给我们个痛快话，这地还整不整？协议还履行不履行？我回去好给董事长汇报。

杨进问，什么协议？在哪里？拿来我看看。

刘光头板着脸，果断地对白帽子挥了挥手说，你们先回吧，回吧。等处理好了，我让三光通知你们。他说着向刘三光递了个眼色，示意刘三光把白帽子拉走。刘三光没让白帽子往下再说，拉着他上了摩托车，一溜烟地走了。

刘三光一走，推土机和挖掘机司机也怏怏地走了。刘福一下子跳到推土机上，张着双臂呼喊，他们不赔我们小麦的损失，这机器就别想开走。

老杨哥，有事回村里处理吧！刘光头说完翻身上了摩托车，不等杨进说话就扬长而去。

地头上和地里的村民这时一拥而上，把杨进围了个水泄不通，争先恐后地向杨进叙说事情发生的经过，也有不少人问杨进这样那样的问题。杨进招招手让大伙安静下来，问有没有人受伤？二聋子说腰疼，刘福说肋骨疼，还有的人说头上被打破了口子出了血。杨进见没有人受重伤，长长地出了一口气说，大家伙该看病的去镇医院，该回家的回家，该干啥就干啥去吧，这事我老杨一定会给你们个交代！

众人散去了，只有刘福迟迟不动，一副愁眉不展的样子。杨进让杨东东和刘福把他抬到被铲平的小麦地里，太可惜了，这些人是造孽啊！杨进眼角挂着泪珠儿。

刘福说，我估算了一下，他们铲了有二十多亩地的小麦。我们这些人家的损失找谁赔？

杨进看了杨东东一眼。杨东东从杨进的目光里看到一种期待，一种信任。杨东东于是说，我建议这些地用来试验种铁棍山药。刘福一瞪眼，你小子想往深里害我们。种那玩意儿要是不成，你一拍屁股走人，我们的损失不更大？

杨进白了刘福一眼说，你让小杨把话说完。

杨东东说，我已经和城里一家公司电话联系过，他们答应在咱这儿搞订单农业，试验期间由他们投资引进种苗和技术。如果试种成功，大规模生产了，他们就把咱东片适应种这个品种的地全都包下来，再投入资金搞水利、修路，以后还帮咱搞新农村建设……

刘福显然不信，你说得比唱得好听。他们把我们的地都包了，不还是流转给他们，我们干啥子去？

杨东东说，咱们的人搞田间管理嘛！他们按月给工资，年底给咱分红。

那我们不成了给他们打工的？刘福嘟哝道。

杨进笑了说，咱给他打工种地，他也给咱打工搞运销，只是分工不同。

刘福这才不说话了，蹲在地上扒拉着土坷垃，好像他土里埋着的黄金被人扒走了，心疼得掉眼泪。

回村的路上，杨东东从杨梅手里抢过平板车拉着杨进。他对杨进说，我打算把今天发生的事向镇里如实汇报，绝不能姑息迁就。他说完，想等杨进表态，听到的却是杨进一声接一声的咳嗽。还没等他回头看，杨梅一声尖叫，我爸吐血了……

九

杨东东和杨梅把杨进送到镇医院，经过抢救，人是醒了，医生却坚持让他住院治疗。杨进对杨东东说，小杨，你快点回村里去，千万别让村里再闹出事情来。

杨东东想去找韩委员汇报一下，走到半路又改变了主意，决定还是等报告写出来再去。回到村里，他就开始写报告，还没写完，村里又发生了一件事。镇派出所来了两个民警，把刘福给带走了。理由是刘福不仅带头破坏生产，还暴力侵占人家的推土机、挖掘机等价值几百万的生产工具。

民全村又乱了。

杨东东是听刘小芹告诉他的。刘小芹说，刘秃子叔侄俩恶人先告状，搞秋后算账。

原来，刘小芹人在镇子里的美容美发店上班，心思却惦念着自己家的承包地。刘三光带着白帽子一到镇里就去找刘小芹，说你爹跟着刘福带头起哄，这回非摔大跟头不成。刘三光的目的是吓唬一下刘小芹，让她一家不要和刘福搅在一起。因为二聋子的辈分大，他一退出，会带动他近房的几户人家。刘小芹一听就明白发生了什么事，请了假就朝民全赶。她到了东南湖，看见刘平安还蹲在被铲平的小麦地里吧嗒吧嗒地掉眼泪。她连着叫了几声爸，刘平安头也没抬。她看着东一棵西一棵东倒西歪的麦苗，埋进土里露着尖尖的绿芽，心头一酸，泪水也模糊了眼睛：爸您放心，这回就是拼了命也得向刘光头讨个说法！

刘平安这才抬起头，抹了把脸上的泪水，眯缝着眼睛看着她，你就别逞能了，我们斗不过刘秃子。你刚才没看见那架势，要不是那个小杨村官在，你老杨大爷也赶到，说不定这地里……

刘小芹一听杨东东在场，脸上露出了微笑。

刘小芹搀扶着刘平安慢慢腾腾地回村，在村头遇见了开三轮摩托车的民警，等摩托车过去了，她才看清坐在车斗里的是刘福。接着小祥子就追了过来，一边跑一边哭喊着爸。刘小芹拦住小祥子，问明了情况后，就来找杨东东。

杨东东感到十分震惊：这种事情怎么可以不分青红皂白呢？

刘小芹说，刘福哥家里人到刘光头家去了，还不知会闹出啥事！

刘小芹走后，杨东东急得在屋子里转着圈，两手不知朝哪儿放，端起茶杯，杯子里空空的。过了一会儿他才清醒过来，拔腿就往外跑，像在大学参加百米短跑竞赛的速度一样，一口气跑到刘光头家门前。

刘光头家门前果然围了很多人。这些人分成两个阵营，支持刘光头种烟叶的站在一边，反对刘光头种烟叶的站在另一边。刘小芹站在反对者一边的前排，和刘光头的女儿柯柯面对面瞪着眼。在刘小芹这边，地上还坐着一个披头散发的妇女。

杨东东从没见过这种情景，一时不知所措。有人说，刘福家的，杨村官来了。

披头散发的刘福媳妇大概也觉得不好意思，一骨碌爬起来，躲到人后去了。

杨东东生怕对峙的双方争斗起来，那样局面就更不好收拾。现在，杨进不在现场，刘秃子不在现场，他必须当机立断做出平息事态的决定。他的脑子飞快地旋转着，或者说绞尽脑汁地思考着，就在他感到手足无措时，手机响了。他从裤袋里朝外掏手机时，一个点子形成了：骗就骗一回吧！于是，他问也没问一声来电话的是什么人，就大声喊道，我就是小杨，杨村官啊。报告镇长，民全毁麦苗的事我正在调查。放心吧镇长，没有人寻衅滋事……

挂断电话，杨东东已经汗流满面，四下看了一眼，村民已经走了大半，还剩下几个人也在犹豫不决。他对那几个人招招手，说，回吧，都回吧。刚才镇长的电话你们也听见了。镇长说上级一定会严肃处理，给大家一个交代。

等人都走光了，杨东东一屁股坐在地上。他觉得心像受了惊吓的兔子，仿佛要跑出他的胸膛。你小子敢冒充镇长，就凭这一条给你个处分也绰绰有余。

镇政府倒是雷厉风行，工作组当天晚上就到了民全村，带队的就是镇长，镇党委组织委员韩委员是工作组副组长。

杨东东被叫到工作组临时办公地点——村小学校长室。镇长看了他一眼，他的心跳就又加快了。

镇长说，我怎么称呼你，镇长？

杨东东扭过脸，看见韩委员在偷笑，心里有了底。他说，在那种情况下，我，我只能随机应变。镇长哈哈笑了，说我是得好好谢谢你。

你不光平息了一起事件，还给我这个镇长做了一次宣传。

韩委员说，要不是有人给镇长打电话告你，镇长还不知道有人冒充他呢！

接下来，镇长仔细询问了事情发生的经过，末了让杨东东谈谈看法和意见。镇长非常坦诚地说，我和韩委员都不在现场，情况不太熟悉。我们想听听你的意见。

杨东东犹豫了一会儿，说，是不是把刘主任找来……

镇长说，该找他时我们会找。

杨东东见镇长和韩委员都用期待的目光看着他，想了想后认真地说，我觉得镇长应当首先在村民会上作检讨。

镇长笑了笑，说说你的理由。

杨东东说，据我了解，镇政府的确给村里下达过种烟叶的任务。刘主任再三对村民讲，如果反对村委会就是反对镇政府，反对镇政府就是反对县政府……

镇长问，他没说镇政府首先强调要尊重农民的意愿，不能搞强迫命令？

杨东东摇摇头，实事求是地回答说，我开始也以为种烟叶比种小麦和红芋的效益好。

还有什么意见？镇长问。

杨东东说，刘福并没有把推土机拖回家。他就说了一句，用推土机赔偿被铲的小麦损失。我认为抓刘福是个错误，应当把刘福放回来。

韩委员说，这件事不是派出所干的，那两个警察是刘三光一伙假扮的。他们是想用这个办法威胁村民。刘三光已经被派出所控制，刘福现在也应该到家了。

杨东东长长地松了一口气。

镇长看了看表说，你还有什么想法？

杨东东说，当务之急是把农民被铲的麦田补种上其他作物，不然撂了荒农民的损失更大。

镇长点点头说，你和杨进同志商量过补种什么作物吗？镇长没提刘光头，这让杨东东有点意外。他把和杨进讨论过的补种铁棍山药、自己向农学院老师和同学征求意见的结果等，向镇长和韩委员说了。镇长和韩委员边听边点头。等他说完，镇长又问，销路呢，你们考虑了吗？

杨东东说，如果村民同意，市里有家公司打算过来签订单，从供应秧苗开始，一直到收到销全都由他们负责。如果收成好，质量好，他们往后还会加大投资，在农民同意的情况下扩大种植面积。

镇长问，肯定吗？

杨东东郑重其事地点点头。

镇长又问，那家公司信用怎么样？

杨东东迟疑了片刻才老老实实地回答说，是我爸爸的公司。

镇长和韩委员都笑了。

镇长、韩委员和工作组的其他同志要分头去村民家。镇长对杨东东说，小杨你帮我列个提纲，看看我从哪几个方面向村民检讨，才能不让村民说我骗他们。镇长和韩委员临出门时，杨东东凑到韩委员耳边，低声问了一句：刘村长现在在哪儿？

韩委员没有正面回答他，拍了拍他的肩膀说，抓紧完成镇长交给你的光荣任务！

尾　声

春节期间，杨东东回城待了几天。他同爸妈在一家酒店吃年夜饭时，看到一个长得酷似柯柯的女孩，陪着一个也是光头但年龄显然比刘光头还要大的男人喝酒，后来上了一辆大奔。他的心一下子就乱了，整整一夜翻来覆去睡不着觉。第二天一大早，他就回了民全村。

一到民全村，刘小芹告诉杨东东一件让他非常不安的事：杨进和刘福之间发生了矛盾。刘小芹说，我刘福哥组织一些村民，春节这两天偷偷地在西边岗上砍伐了几十棵大树。我老杨大爷听说后批评了他，他还振振有词，说是为民全百姓谋福利。

杨东东虽然火冒三丈，但是没有表现出来。刘小芹看出他虽然生气了却表现得很沉着，笑了笑说，你还成熟得挺快。

接着，刘小芹又告诉杨东东，我刘福哥说了，明年咱北边有条高速路需要绿化，得用不少大树，咱村西边岗上的大树正合适。我老杨大爷听说后，也发了狠话说，谁要动那些大树，就先把我埋了。

杨东东就去了杨进家。他和杨进谈了一个下午，临出门时，杨梅听见杨东东说，困难会有的，矛盾会有的，问题会有的，咱就认准一个理：凡事要看老百姓支持不支持……

杨梅后来给刘小芹说，我听着杨村官走路的声音咚咚咚响，真带劲！

原载《朔方》2011 年第 5 期

《北京文学·中篇小说月报》2011 年第 12 期选载